TAKE
SHOBO

男装姫と絶倫王の激しすぎる蜜夜

すずね凜

Illustration
ウエハラ蜂

JN151186

蜜猫
MitsuNeko

contents

イラスト／ウエハラ蜂

男装姫と絶倫王の激しすぎる蜜夜

序章

初夏の上旬佳日。

空は雲ひとつ無く晴れ渡り、風は爽やかに緑の梢《こずえ》を揺らしていた。

大陸の東に位置するゴーデリア王国では、新国王アレク・フィリッペ七世の戴冠式が今まさに、首都の大聖堂にて執り行われようとしている。

天井の薔薇《ばら》型のステンドグラスが美しい広い大聖堂は、煌《きら》びやかな晴れ着を着込んだ国内外の賓客でぎっしりと溢《あふ》れ、人いきれでむんむんしている。

緋色《ひいろ》の絨毯《じゅうたん》を敷き詰めた階の下で、十七歳になったばかりのアレク・フィリッペ七世は、まだ少年のように華奢《きゃしゃ》な身体に黄金のローブに長い真紅のマントを羽織り、大司教の前で跪《ひざまず》いていた。

ウェーブのかかった艶《つや》やかな長めのブロンドをうなじでゆったりと束ね、深い海のような青い瞳、すっと通った鼻筋、茱萸《ぐみ》の実のように赤い唇、白皙《はくせき》の横顔はまるで美少女のように整っている。

純白の法衣《ほうえ》に身を包んだ高齢の大司教は、ゴーデリア王国に代々伝わる三百カラットの大粒のダイヤモンドをはめ込んだ黄金の王冠を両手で掲げ、重々しい声で言う。

「アレク・フィリッペ七世、汝《なんじ》はこの国のためにその身を捧《ささ》げ、国の平和と発展のために生涯尽くすことを誓うか？」

アレク・フィリッペ七世は緊張のためか、少し震える声で答えた。

「誓います」

まだ声変わり前らしく、澄んだアルトの声が、大聖堂の高い天井に吸い込まれて行く。

大司教はおもむろに王冠を、アレク・フィリッペ七世の頭に被《かぶ》せた。

直後、荘厳なパイプオルガンの音が響き渡り、少年聖歌隊が高らかに祝歌を歌い始めた。

「映えあるゴーデリア王国に幸あれ！」

王冠に続いて宝剣と王笏を授けられたアレク・フィリッペ七世は、ゆっくりと立ち上がり、正面を向いた。

その端整な美貌は、緊張で引《ひ》き攣《つ》っているようにも見える。

賓客たちが歓声を上げ、一斉に拍手をした。

「新国王、万歳！」

「アレク・フィリッペ七世国王陛下、万歳！」

大聖堂を揺るがす祝福の嵐の中で、アレク・フィリッペ七世は足の震えを抑えて立っているのがやっとだった。

傍に控えていた遠縁の血筋に当たるベルーナ公爵が、そっと近寄り、気遣わしげに声をかけてきた。

「陛下、ご気分がすぐれませぬか？　早めに退場しますか？」

肥満気味で太い口髭《くちひげ》をたくわえたベルーナ公爵が側に立つと、華奢なアレク・フィリッペ七世はいかにも頼りなげに見える。

アレク・フィリッペ七世は、青ざめた顔にぎこちなく笑みを浮かべた。

「ああ叔父君、お心遣い感謝します。私は、大丈夫ですから」

そう口では言ったものの、アレク・フィリッペ七世の胸の中は嵐のように荒れくるっていた。

（私は今、神と国民全員を欺いているのだわ……なにより、自分の心を偽って、ここに立っている。恐ろしい……神様は決して私をお許しにならないかもしれないわ）

アレク・フィリッペ七世――いや、実はアレクサンドラ王女は、これから自分に待ち受けているであろう過酷な運命に想《おも》いを馳《は》せ、内心の葛藤と戦っていた――。

アレクサンドラは、ゴーデリア王国の双子の兄妹の第一王女として生を受けた。

母王妃は元来身体が弱いひとで、双子を産み落とすと、産褥熱《さんじょくねつ》で半月でみまかってしまった。

双子の兄アレクとアレクサンドラは、容姿は瓜二《うりふた》つであったが、アレクは病弱だった母王妃に似たのか、身体がひどく弱かった。

なにかと具合を悪くして寝込むことが多かったアレクに対し、アレクサンドラはいたって健康ですくすくと育った。艶やかな蜜のようなブロンド、ぱっちりした青い目、サクランボのような愛らしい唇、お人形なような整った容姿。そして勉学にも秀でていた。乗馬も剣術も、同世代の少年たちを負かせてしまうほどの腕前だ。

王城の臣下たちは密《ひそ》かに、

「アレクサンドラ王女殿下が、男性であったらば――」

と、嘆き合った。

というのも、ゴーデリア王国では代々王位を継ぐのは男子のみ、という規範があったのだ。

現国王も病気がちで、後継のアレク王子も病弱ということで、王家の行く末に不安を持つ者も多かった。

聡明《そうめい》なアレクサンドラの耳には、臣下たちの陰の声は届いていたが、素知らぬふりをしていた。

国を思う気持ちは誰よりも強いと自負していたが、病弱とはいえ兄も父王も健在なのだ。周囲の密かな声は、不謹慎極まりないと思っていた。

アレクサンドラは、男性になりたいとは思わなかった。生まれたままの自分が一番好きだ。王女として生まれたからには、女性としての人生を全うしたい。それに――密かに胸の奥に育てている「ワルツの君」への淡い想いもあったのだ。

だが――。

アレクサンドラが十七歳を迎える直前、父王は謁見の席で突然倒れ、そのまま還《かえ》らぬ人となってしまった。もともと心臓の悪かった父王は、不意の大きな発作に耐えきれなかったのだ。

名君で名高かった父王の死に、国民たちは悲嘆にくれた。

兄のアレク王子とアレクサンドラも、悲しみのどん底に落とされた。

すぐに、兄のアレク王子とアレク王太子が次期国王を継ぐこととなる。臣下たちは、喪に服する間も無く、新国王の即位を急がせた。それは、近年諸外国、特に隣国のトラント王国が勢力を増してきて、脅威になっているからだ。

トラント王国は五年前に前国王が亡くなり、若きジョスラン王太子が後を継いでいる。

ジョスランはその若さに似合わず、沈着冷静にして知的で判断力に優れ、見事に国を統治していた。そのジョスラン国王に対抗するためにも、アレク王太子の即位が急がれたのだ。

戴冠式の前日、体調が悪く寝たきりだったアレク王太子は、アレクサンドラを枕元に呼び、真摯な眼差《まなざ》しで告げた。

「我が愛《いと》しい妹よ。私が王位に就いた暁には、賢く健康なお前の助力がぜひ必要だ。病みがちな私を、支えてほしい」

「もちろんですわ、兄上。私は誠心誠意を持って、兄上の補佐に当たります」

アレクサンドラは心からの忠誠を誓った。

「約束だぞ、妹よ。ゴーデリア国の未来のために、共に力を尽くそうぞ」

「はい、兄上」

兄妹は、しっかりと手を握り合った。

だが――。

それが、兄アレク王太子との最後の邂逅《かいこう》だった。

翌日夜明け前、アレク王太子は容体が急変し、帰らぬ人となってしまった。

王城に激震が走る。

臣下たちは緊急会議を開いた。

悲しみに打ちひしがれ、アレクの亡骸《なきがら》にすがって泣きじゃくっていたアレクサンドラが、臣下たちに会議室に呼ばれたのは、東雲《しののめ》が赤く染まり始める頃だ。

「何事ですか？　静かに兄上を見送らせてください」

父と兄を立て続けに亡くし憔悴《しょうすい》しきったアレクサンドラに、臣下たちは追い打ちをかけるかのように、酷薄な言葉を告げた。

「王女殿下、今、我が国は存続の危機にあります。王家のお血筋で、直系のお方は王女殿下ただ一人にございます」

年若い臣下のひとりが咳《せ》き込《こ》むように言う。

「我ら重臣で真剣に話し合い、もはや一刻の猶予もござらぬ、と判断しました」

中年の臣下が重々しい声を出す。

アレクサンドラは、玉座の自分を取り囲むようにして座している臣下たちを不安げに見回す。

嫌な胸騒ぎがした。

「どういうことなのです？　結論を言いなさい、議長」

アレクサンドラに声をかけられた長老の臣下が、掠《かす》れた声で答えた。

「王女陛下、我ら一同、伏してお願い申し上げます」

彼は青ざめた皺《しわ》だらけの顔を上げる。

「どうか、亡きアレク殿下の身代わりに、王位に就いていただけませんでしょうか？」

「!?」

アレクサンドラは、一瞬議長の言葉が頭に入ってこなかった。

「何を言っているの？　私に女王になれと言うの？　でもそれは王家の規範に……」

議長は苦渋の表情をした。

「陛下、女王ではございません。国王として、男性として、王位に就いていただきたいのです」

「えっ――‼」

頭の中が真っ白になった。

玉座の肘置きに置いた両手がぶるぶる震える。

「男性として……ですって？　何を言っているの？　そんなこと……！　直系でなくても、王家の血筋に男子の方はおられないのですか？」

臣下の一人がうなだれる。

「今のところ、前国王の弟殿下のフィリップ様も去年、身罷《みまか》られており――姪御《めいご》にあたられるマリア様が、近々侯爵家とご結婚が決まっております。そのマリア様が男子をお産みになれば、その方が一番近しい後継者になります。しかし、王位継承可能なお年になるには十五年かかりますし」

アレクサンドラは消え入りそうな声で尋ねる。

「もし、マリア様に男子が生まれなかったら？」

「そ、その際には、マリア様の妹君の、現在三歳のソフィア様が、ご結婚可能な年齢になられて、男子をお産みになるまで待つことに――」

アレクサンドラは目の前が真っ暗になる。

「そんなに……年月がかかるの？」

不意に臣下たちは椅子から立ち上がると、一斉に床に伏した。

「お願いいたします！　国家存続の危機です！　今現在、王位に就ける年齢と知力にふさわしいお方が、おられないのです」

「その聡明さ、お美しさ、どこを取りましてもアレク殿下になり代われるお方は、王女殿下以外におられません！　我ら一同、死力を尽くして殿下を支えていきます。どうか、どうか、この国を救ってください！」

「王女殿下、お願いいたします」

「どうか、次の男子がお生まれになるまで――」

「殿下、何卒《なにとぞ》！」

臣下たちは床に額を擦り付け、悲壮な声で懇願した。

アレクサンドラは呆然《ぼうぜん》として声を失う。

父王と兄王太子を失った悲しみにボロボロの心に、さらに追い打ちをかけるような非道な申し出に、目眩《めまい》が起こりそうだ。

「そんなこと……とても、私には……」

すると、部屋の隅に立っていたベルーナ公爵が、つかつかと前に進み出てきた。彼は、アレクサンドラを守るみたいに前に立ち、野太い声で言う。

「皆、無茶をいうものではない。こんな年若い王女の身で、そんな重責を負わせるなど非道ではないか」

アレクサンドラは声を震わせ、目を瞬く。

王家の遠縁にあたるベルーナ公爵には、よくない噂《うわさ》も聞いていた。曰《いわ》く、密かに王位を狙っているのではないか、と。そのために、貴族議会の議員たちに賄賂を渡して、懐柔していたらしい、とも。しかし、この場で自分を庇《かば》ってくれたことは嬉《うれ》しかった。

「だが、このままでは王家は潰《つい》えてしまう。国家存続の危機である」

臣下の一人が言い返す。

「だから――」

ベルーナ公爵がなにか言いかけた。

その時、アレクサンドラの脳裏に昨夜のアレク王太子との最後の会話が蘇《よみがえ》る。

『約束だぞ、妹よ。ゴーデリア国の未来のために、共に力を尽くそうぞ』

死の間際まで、兄はこの国の行く末を案じていた。即位直前で死に見舞われ、兄はどんなにか無念であったろう。アレクサンドラの胸に熱い思いが湧き上がってくる。

王家の者としての誇りと責任感が、アレクサンドラの気持ちをじわりと奮い立たせる。アレクサンドラは心の中で亡き兄に話しかけた。

（兄上……私は…たった一人の王家の直系。父上も兄上もこの国を背負って、お亡くなりになった……私には選択の余地はないのかもしれません）

アレクサンドラはそっと指先で涙を拭った。

そして、ベルーナ公爵と這《は》いつくばっている臣下たちに静かに声をかける。

「皆のもの、顔を上げてください。もはや是非もないのでしょう」

ベルーナ公爵が振り返り、臣下たちがハッと顔を上げる。

アレクサンドラは玉座からゆっくりと立ち上がった。広がったスカートの内側では、恐ろしさに足が小刻みに震えていたが、臣下たちには気取られないように必死で踏ん張る。

「なりましょう、兄上の身代わりに。後継の男子が誕生するまで、この身でよければ、国に捧げます」

アレクサンドラの顔は血の気が失《う》せていたが、悲壮な決意に満ち、神々しいまでに美しかった。

「おお、殿下！」

「殿下！」

臣下たちは感涙に咽《むせ》びながら、平伏した。

アレクサンドラは、自分の運命が怒涛《どとう》のように大きく動いていくのを感じていた。

かくして、アレクサンドラは、アレク王太子の身代わりとして新国王の戴冠式に臨んだのだ。

戴冠式の後、四頭立て白馬の引く無蓋の豪華な馬車で、新国王は首都のメインストリートをパレードした。

沿道をぎっしり埋め尽くした民たちは、若く美しい国王の誕生に歓喜と祝福の声を送り続ける。左右の沿道に手を振りながら、アレクサンドラは民たちの期待の眼差しをひしひしと感じ、自分の課せられた責任の重さを痛感した。

王城に戻ったアレクサンドラは、臣下たちに今後の段取りや振る舞いを打ち合わせたのち、やっと自室に引き上げることができた。

重い国王の正装を、侍女のコリンヌにだけ手伝ってもらい、脱いだ。コリンヌは中年の恰幅《かっぷく》のいい気立ての良い女で、アレクサンドラが誕生した時から忠実に仕えてくれている。

国王がアレクサンドラであることは、城のごく一部だけが知る極秘だった。そのため、アレクサンドラの身の回りの世話は、コリンヌ一人に任せることにしたのだ。

「ふうー……」

軽い部屋着になると、アレクサンドラは頽《くずお》れるように居間のソファに倒れ込んだ。

「ああ、アレクサンドラ様、おいたわしい、女性の身でありながら……世が世なら、この世の盛りとばかりにお美しく着飾り、殿方の心をさぞやときめかせておられたでしょうに」

コリンヌは嗚咽《おえつ》を堪えながら、冷たい果汁を入れたグラスを盆に載せ、アレクサンドラに差し出す。

「ありがとう、コリンヌ……でも、これは私が自分で選んだ道だから」

アレクサンドラはグラスを一気にあおった。喉越しが良く甘い果汁は、全身に染み渡るように美味《うま》い。緊張感が一気にほぐれ、だるい疲労がじわじわと湧き上がる。

「しばらく、一人にしてちょうだい」

ぐったりとクッションにもたれると、

「かしこまりました。湯船にお湯を張らせてまいりますね」

コリンヌは頭を下げて居間を引き下がった。

アレクサンドラは、ぼんやりとコリンヌの言葉を反芻《はんすう》していた。

『世が世なら、この世の盛りとばかりにお美しく着飾り、殿方の心をさぞやときめかせておられたでしょうに』

「殿方……」

心臓がきゅっと痛んだ。

「ジョスラン様にお会いしたい……」

アレクサンドラはクッションにもたれ、くるおしげにつぶやく。

アレクサンドラは思い出していた。

十年前の初夏の夜のことを。

あれは、今までの自分の人生で一番純粋でキラキラ輝いていたひとときだったのだ、と。

時は、十年前の初夏に遡る。

長きに渡ってゴーデリア国を平和に治めてきたフィリッペ王家。

建国三百年の祝いで、国内の名だたる貴族や名士、国外の王族など多くの賓客が招かれ、その日の王城は賑《にぎ》わっていた。

七歳になる第一王女アレクサンドラは、謁見の間で、父王の玉座の傍の小さな椅子にちょこんと座っている。

透き通るような色白の肌、蜂蜜色の長い髪を少女らしく後ろに梳《す》き流し、サイドを真珠を埋め込んだ蝶《ちょう》の形をした髪留めで纏《まと》めている。長いまつ毛に縁取られた青い目はぱっちりとし、唇は茱萸の実のように赤い。フリルをふんだんに使った珊瑚《さんご》色のドレスに身を包み、天使のように愛らしい。

本来なら、王太子である双子の兄アレクが座るはずなのだが、熱を出して寝込んでしまったので、アレクサンドラが代理を任されたのだ。

祝賀の言葉を述べる賓客たちが、引きも切らず玉座の前に進み出てくる。

父王の次に、賓客たちはアレクサンドラに挨拶をする。

アレクサンドラは頬《ほお》を紅潮させ、せいいっぱい気を張った声で答える。

「丁重なご挨拶、痛み入ります」

鈴を振るような美しい声と幼いながら気品に富んだ整った容姿に、賓客たちから感嘆の眼差しが送られる。アレクサンドラは少し緊張していたが、大事なお役目を果たす誇らしさで胸がいっぱいだった。

呼び出し係が最後の賓客を招き入れる。

「トラント王国の国王陛下ならびに、ジョスラン王太子殿下のお越しです」

トラント王国は大河を挟んでゴーデリア国と向かいの位置にある、近年急速に国力を増してきた新興国だ。

謁見室の扉から、堂々たる体躯《たいく》のトラント国王が頭を低く下げて入室してきた。その後ろから、すらりとした王太子が滑るような足取りで付いてくる。さらさらした黒髪と、半ズボンに包まれた長い足が印象的な少年だ。

玉座の階の前まで進み出た両名は、恭しく挨拶する。まず、トラント国王が深みのある声で祝辞の言葉を述べると、続けて隣に並んだジョスラン王太子が挨拶した。

「国王陛下、王女殿下にあらせられましては、本日誠にめでたき日を迎え、心よりお祝いの言葉を述べさせていただきます」

朗々としたアルト声に、アレクサンドラははっと心を奪われる。ジョスラン王太子は、わずかに顔を上げた。

その瞬間、アレクサンドラの心臓がどくんと大きく跳ね上がった。

艶やかな黒髪に縁取られた白皙の美貌の少年だ。形の良い眉、切れ長の黒曜石色の瞳、鼻筋は綺麗《きれい》に通り、赤い唇は意志が強そうにきりりと結ばれている。

二人の視線が、一瞬絡んだ。

アレクサンドラは、胸の奥がきゅんと甘く疼《うず》くのを感じた。

直後、ジョスラン王太子は不敬だと思ったのか、素早く顔を伏せてしまう。

アレクサンドラは胸のドキドキが収まらず、父王の言葉が終わったことに気がつかなかった。ぼうっと座っていると、父王が小声で促す。

「アレクサンドラ、お返しの言葉を」

「あ」

やっと我に返り、慌てて返答をする。それまですらすら言葉が出ていたのに、なぜかしどろもどろになってしまった。恥ずかしさに顔が真っ赤になるのがわかった。

「ジョスラン殿下があまりにご立派なので、我が娘も言葉を失ったようですな」

父王が笑いながら助け舟を出してくれた。

「恐れ入ります」

トラント国王も笑って答える。隣のジョスラン王太子が、わずかに口元に笑みを浮かべたように見えた。

アレクサンドラは恥ずかしさが増し、顔から火が出るかと思った。

謁見が終了すると、父王も臣下たちも口々にアレクサンドラの堂々とした応対を褒めちぎった。アレクサンドラはしかし、彼らの表情に残念そうな色が浮かんでいるのも見逃さなかった。

(王女が男でさえあったなら——)

周囲のものが常々そう噂しているのは承知していた。

ゴーデリア王国の慣例では、王位を継ぐのは男子に限られているのだ。

双子の兄アレクが生まれながらに病弱で、度々伏せっているのに対し、アレクサンドラは風邪ひとつ引かず生き生きと健康に育っている。家庭教師が舌を巻くほど、頭の回転もよい。乗馬も得意だし、弓だって同世代の少年たちに負けずに引くことができる。

でも、アレクサンドラは女性としての自分をとても気に入っている。

兄アレクだって、成長するにつれてきっと体力を取り戻すだろうし、王女のアレクサンドラは周囲の言葉を気にすることなく、毎日を楽しく過ごしている。

夜に入り、王城の大広間では賓客たちを歓迎する舞踏会が開かれた。

アレクサンドラは、城の最上階の自分の部屋の窓から、中央広場を挟んで向かいに見える大広間の灯《あか》りを見つめていた。

舞踏会に出席できるのは十歳以上の男女という制限があって、アレクサンドラは参加できなかったのだ。

美しい音楽や人々の楽しそうなさんざめく声が、風に乗ってここまで届いてくる。

「ああ、私も舞踏会に出たい……」

窓辺にもたれてそっとため息をつく。

今日謁見したジョスラン殿下は、確か十四歳になると聞いていた。

きっと今頃、彼も舞踏会に参加しているにちがいない。あんなに格好良くて素敵な少年だから、さぞや他の貴族の令嬢たちに熱い視線を送られているだろう。ダンスの誘いが引きも切らないかもしれない。

そう想像すると、どうしてだか胸の奥がちくちく痛んだ。

「ダンスなら、私だって誰にも負けないくらい上手に踊れるのに……」

足がそわそわとワルツのステップを踏んでいる。

「姫様、そろそろ湯浴《ゆあ》みをなさりませ」

侍女のコリンヌが湯浴み用の薄物を手にして、部屋に入ってきた。

アレクサンドラはふといいことを思いついた。

窓から離れると、コリンヌの腕にまとわりつく。

「ねえ、コリンヌ、父上に内緒で、舞踏会に出てみたいの」

コリンヌは目を丸くする。

「姫様はまだ、舞踏会に出られるお歳になっておりませんよ」

アレクサンドラは澄んだ青い目でコリンヌを見上げる。

「だから、内緒。今夜の舞踏会は無礼講だって聞いたわ。だから、ね、私、変装してこっそり紛れ込むの」

コリンヌが呆《あき》れた顔になる。

「いけません、そんなこと」

アレクサンドラはとびきり愛らしい表情をしてみせた。

「今日は兄上の代わりに、私、ものすごく頑張ったと思わない？　ねえねえ、コリンヌ、お前がお伴《とも》してくれればいいじゃない？　ちょっとだけ、楽しみたいの」

コリンヌの目元が赤く染まる。

アレクサンドラは、コリンヌが自分に甘いことをちゃんとわかっている。

「——仕方ありませんね。一時間だけですよ」

コリンヌがため息をついて言う。

アレクサンドラはぱっと顔を明るくした。

「ああ嬉しい！　ありがとう、コリンヌ、ありがとう！」

ぎゅっとコリンヌに抱きつくと、彼女は仕方ないという風に肩を竦《すく》めた。

「姫君はこうと決めたら動きませんから。私が拒めば、お一人で行ってしまわれるでしょう。それよりはましです」

「うふ、早く、早く、支度して」

アレクサンドラはそそくさと化粧台の前に座った。

コリンヌは亜麻色の長い鬘《かつら》をアレクサンドラに被せ、軽く薄化粧を施した。

「お化粧すると、ずいぶん大人っぽく見えますから、ごまかせるでしょう」

それから、まだ袖を通していない真新しい青いドレスをアレクサンドラに着付けた。

「姫君は、普段赤やピンク色のドレスが多いですから、これだと雰囲気ががらりと変わって、ばれにくいかもしれません」

アレクサンドラはうきうきしながら、姿見の前でくるりと一回転した。

いつもの自分と違う、別人のような美少女がそこにいる。

「ああ素敵！　さあコリンヌ、早く行きましょう！」

王族専用の廊下から、中央広場の側を通り抜け、大広間に辿《たど》り着《つ》く。

コリンヌはあらかじめ、知り合いの侍従に手を回してくれていて、扉からすんなりと中へ通してくれた。

「わ……あ」

アレクサンドラは、思わず歓声を上げる。大広間に入ったのは初めてだった。

一面鏡張りの広大な広間、高いアーチ状の天井には壮大な神話がフレスコ画で描かれ、金と銀のシャンデリアがたくさん下がっている。フロアは顔が映るほどぴかぴかに磨き上げられ、王室所属の音楽団が華麗な旋律を奏でている。白い鬘をつけてクラシカルな服装をした侍従たちが、泡立つ金のシャンパングラスや色とりどりの前菜を乗せたお盆を手にして、滑るように賓客たちの間を行き交っている。

大広間には、着飾り扮装《ふんそう》した人々が、談笑したりダンスを踊ったり思い思いに楽しんでいた。身分を隠したいのか、仮面を着けた者も相当数いる。今まさに、宴は佳境に入ろうとしている。

「姫君、素顔ではいけません。仮面をどうぞ」

コリンヌが、天鵞絨《ビロード》で作られた綺麗な仮面を手渡した。

「私は会場の隅で拝見しておりますから、どうぞ存分に舞踏会を楽しんでくださいませ」

コリンヌはそう言うと、壁際に引き下がった。

「さあ、どうしようかしら」

アレクサンドラは仮面を着けると、ゆっくりと大広間の中を散策する。

奥の玉座を窺うと、父王は席を外している。父王もあまり丈夫ではないたちなので、休憩を取っているのだろう。

アレクサンドラは胸を撫《な》で下ろした。もしかしたら、父王に見咎《みとが》められるかもしれないと思っていたからだ。

(ジョスラン王太子殿下は、どこにおられるのかしら……)

彼の姿を求めて、きょろきょろと周囲を見回す。この舞踏会にどうしても参加したかったのは、ジョスラン王太子にもう一度お目にかかりたいという気持ちが抑えきれなかったからだ。

と、ふいに背後から軽く肩に触れられた。

「きゃ……」

驚いて振り返ると、十四、五歳くらいのどこかの貴族の御曹司とおぼしき少年が、にこやかに立っていた。

「とびきり綺麗なご令嬢、どうか私をダンスを踊ってくださいませんか？」

と、横からもう一人同い年くらいの少年が割り込んでくる。

「いえいえ、どうか私と、お願いします」

すると、さらに三人の少年が現れ、アレクサンドラを口々に誘い出す。

「今宵《こよい》のあなたは、この会場で一番輝いている、まるで天使です。あなたと、ぜひ踊りたい」

「私こそ、あなたのダンスの相手にふさわしいと思います、どうか、私と」

「いや、私と」

アレクサンドラは少年たちに囲まれ、戸惑いを隠せない。

今まで王族ということで、これほど気安く異性に声をかけられたことはなかったのだ。

それが新鮮な驚きで、胸がドキドキするが、どう対処したらいいか判断に迷った。それに、
アレクサンドラが一番踊りたい相手は――。

「お待たせしました、ご令嬢。一番最初のダンスは、私とのお約束でしたね」

突然、傍からよく通るアルト声がした。

その澄んだ声に聞き覚えがある。

振り向くと、上等な紺色のベルベットの礼装に身を包んだジョスラン王太子が立っていた。

「あ……」

瞬間に動悸《どうき》が高まり、声が詰まった。

周囲の少年たちは、圧倒的な威厳と群を抜いた美貌のジョスラン王太子の登場に、気を呑《の》まれたようにぽかんと立《た》ち竦《すく》む。

ジョスラン王太子は滑るような足取りで近づいてくると、アレクサンドラの前に大人顔負けの優美な会釈をしてみせた。

「麗しのご令嬢、どうぞお手を」

「……はい」

アレクサンドラは、なにかに操られるように手を差し出していた。

ジョスラン王太子はあっけにとられている少年たちには目もくれず、アレクサンドラの手を取ると、ゆっくりと広間の中央に導く。

ちょうど曲目が変わり、ゆったりとしたワルツが流れる。

「踊りましょう」

ジョスラン王太子の片手がアレクサンドラの細腰にするりと回された。まだ少年なのに、男らしくとても大きな手は、アレクサンドラの折れそうなウエストをやすやす抱える。

少年が身に纏う爽やかなシトラス系の香りに包み込まれた刹那、アレクサンドラは鼓動がばくばくいって息が詰まりそうになった。

見上げると、彫りの深い美貌にこちらをまっすぐ見つめてくる黒曜石色の双眸《そうぼう》。なんて美しく深い瞳の色だろう。アレクサンドラは、魅了されて視線が外せない。

ジョスラン王太子は、そのままゆったりとステップを踏み始めた。

アレクサンドラは無意識にジョスラン王太子のステップに合わせて足を運びながら、彼をじっと見上げていた。

「ちょっと強引でしたか。お気を悪くされたら申し訳ない」

ジョスラン王太子が小声でささやいた。

「え？」

アレクサンドラがもの問いたげな表情をすると、彼の目元がわずかに赤く染まった。

「あなたとは、なんのお約束もしていなかったのに——無理やりワルツに誘うような形になって。その——男性たちに囲まれて、ひどくお困りのようでしたから」

見るからに申し訳なさそうな相手の表情に、アレクサンドラは少しだけ緊張が緩んだ。にこりと微笑《ほほえ》んで、答える。

「いいえ。ほんとうに助かりました。それに、ジョスラン王太子殿下のダンスはとてもお上手で、楽しくてなりません」

ジョスラン王太子の頬がぱっと上気した。

「私の名前をご存知でしたか?」

アレクサンドラは慌てて言い繕う。

「も、もちろんですわ。殿下が招かれていることは、舞踏会に招かれている貴族たちには周知されておりますもの」

ジョスラン王太子は、踊る人々を上手によけてリードしながら、まだ顔を赤くしたまま言う。

「あなたの、お名前は教えていただけないでしょうか?」

アレクサンドラの頬も熱くなるが、そっと首を振った。

「それは……」

ジョスラン王太子は残念そうな声を出す。

「訳ありのおしのびなのですね。仮面を着けていらっしゃるから、そうだとは思っていました。失礼しました」

「いいえ」

深追いをしないジョスラン王太子に、ますます好感が募る。

うっとりと彼の腕の中で踊っているうちに、曲はあっという間に終わってしまう。

二人は足を止め、挨拶を交わす。

「――ありがとうございました」

「こちらこそ」

けれど、どちらからも手を離そうとしなかった。

二人は見つめあったまま、身じろぎもできないでいた。

アレクサンドラはその瞬間、周囲の景色も物音もなにもわからなくなった。

見えるのはジョスラン王太子の姿のみ、感じるのは彼の香りと息遣いだけ。

身体が熱くなり、呼吸が乱れ、胸がざわつく。

「――こちらへ」

ふいにジョスラン王太子が掠れた声を出し、アレクサンドラの手をぐっと引いた。

「あ……」

アレクサンドラは導かれるまま、彼の後に従った。

ジョスラン王太子は大広間を抜け、中庭に向けて大きく開かれた窓からバルコニーへいざなった。そのまま二人で、中庭へ降りる。

にわかに大広間のざわめきや音楽が遠のき、噎《む》せるような若葉の香りと夏虫の鳴き声、そして夜空には降るような星々。

白い花が満開のニセアカシアの木陰へ入ると、ジョスラン王太子はまだ手を握ったままで、こちらに向き直る。

「亜麻色の髪の麗しのご令嬢。今宵、あなたに会えて、ほんとうによかったです」

薄闇の中に、ジョスラン王太子の白皙の顔がぼんやりと浮かび上がる。アレクサンドラは、胸に込み上げてくる熱い感情を抑えきれない。

「私こそ……こんな素晴らしい時間は初めて」

声が震えた。

ジョスラン王太子の黒曜石色の目が、色っぽく瞬《まばた》いた。

「ご令嬢――どうか、ほんの少しの間だけ目を瞑《つぶ》ってくださいますか？」

「え？　こ、こう？」

言われるまま瞼《まぶた》を伏せる。ジョスラン王太子の手が背中に回り、引き寄せた。

と、そっと唇になにか柔らかいものが押し当てられた気がした。同時に、芳しいシトラス系の香りが鼻腔《びこう》をいっぱいに満たした。

「⁉」

驚いて目を見開いてしまう。

素早くジョスラン王太子の顔が離れた。

生まれて初めてのキスをされたのだと、その時にやっと気がついた。

アレクサンドラの背中が甘く震える。

ジョスラン王太子は耳朶《じだ》まで赤く染め、小声でささやいた。

「もう一度、いいでしょうか？」

アレクサンドラは夢見心地でこくりとうなずく。

ジョスラン王太子の長い指がそっとアレクサンドラの頤《あご》を持ち上げた。そのまま強く唇が重なる。

「ん……」

アレクサンドラはぎゅっと目を閉じる。唇を撫《な》でる柔らかい感触に、頭の芯が蕩《とろ》けるような心地よい感覚に襲われる。心臓は破れそうなほどことこと高鳴り、息が詰まって気が遠くなる。

全身から力が抜けてしまい、足ががくがく震えてその場に頽れそうだ。

不意に、ジョスラン王太子の唇が離れた。

「あ……ぁ」

アレクサンドラはそっと目を開け、潤んだ瞳で相手を見つめた。

ジョスラン王太子はひどくやるせない表情をしている。

「どうしよう――あなたのことを、好きになりそうです」

アレクサンドラは胸がきゅんと熱くなり、自分もなにか返さねば、と思う。

だが言葉が見つからず逡巡《しゅんじゅん》していると、ふいにバルコニーの方から、コリンヌの気遣わしげな声が響いてきた。

「お嬢様、お嬢様、どちらですか？　おいでですか？」

アレクサンドラは、はっと我に返った。

「乳母が呼んでいるわ、私、もう行かなくちゃ……」

ジョスラン王太子の腕から逃れると、背中を向けて大広間に向かう。

すると、背後からせつなげなジョスラン王太子の声が追いかけてきた。

「麗しの亜麻色の髪のご令嬢。また、お会いできるでしょうか？」

「わ、私……」

アレクサンドラは肩越しに振り返る。なんと答えよう。

アレクサンドラの気持ちも同じだった。離れたくない。もう一度、会いたい。

自分はこの国の王女だと告白した方がいいだろうか。

「まあ、お嬢様、そこですか」

コリンヌの声が迫ってきた。

アレクサンドラはひと言、

「いつか、きっと」

と、答えるのが精いっぱいだった。

中庭に降りてきたコリンヌが、アレクサンドラの姿を見つけると足早に歩み寄ってきた。

「ああ、ご無事で。広間にお姿が無くて、肝を冷やしましたよ」

コリンヌが腕を取って、アレクサンドラを大広間へ導く。

「もうそろそろ、お部屋に戻りましょう。国王陛下もお席にお戻りになりましたから。姫様の正体がばれて、おおごとになる前に、急いで」

「そうね……コリンヌ、無理を言ってごめんなさい」

きちんとジョスラン王太子とお別れも言うこともできなかった。しょんぼりしたアレクサンドラの様子に、コリンヌは気を引き立てるように尋ねる。

「いいえ。舞踏会は楽しめましたか？」

アレクサンドラは深くうなずいた。

「ええ、とても……夢みたいだったわ」

ほんとうに、夢だったのかもしれない。

美貌の王太子とダンスをして、心を通わせ、初めてのキスをした。

まるでおとぎ話のよう。

大広間を急ぎ出て、王家専用の秘密の回廊を抜けて自分の部屋へ向かいながら、アレクサンドラはまだ酩酊《めいてい》する甘い気持ちに酔いしれていた。

その後。

ジョスラン王太子がゴーデリア王国を訪れる機会はなく、アレクサンドラと出会うことはなかった。

それでも、トラント王国の情報を耳にするたび、心臓が甘く震え、ジョスラン王太子のことを思い出した。心の中で「ワルツの君」と呼んで、あの時の想い出《おもいで》を反芻しては甘い気持ちを呼び覚ます。

やがて月日が流れ――二十二歳になったジョスランは逝去した父の跡を継ぎ、国王に就任した。

若いが才気《さいき》煥発《かんぱつ》で知性に溢れ武勇に秀でた彼の噂は、たびたびアレクサンドラの耳にも届いていた。

どんな素敵な青年になったろうか。

いつかきっと、会える。会いたい。
その時には、あの時の亜麻色の髪の乙女は自分だと告白したい。
アレクサンドラは、心の奥底に芽生えた初恋の芽を、大事に大事に育てていた。

だが——現在。
そんな淡い想いはもはや潰えた。
アレクサンドラは、これから長い年月、男として生きていかねばならないのだ。
「うっ……ぅ」
アレクサンドラは、クッションに顔を埋め、嗚咽を噛《か》み殺《ころ》す。
(さようなら、私の初恋。
私の女の子としてのひそやかな夢。
なにもかも、すべて、さようなら——)

第一章　初恋を捧げて

トラント国の国王ジョスランが、外交のためにゴーデリア王国を訪問することになったのは、アレクサンドラがアレク・フィリッペ七世として国王に就任してから一年の後の春の事である。

アレクサンドラの心は不安と期待に掻《か》き乱《みだ》された。

果たして、ジョスランの前で国王としてきちんと振る舞えるだろうか。

ジョスランが王城に到着する前日は、アレクサンドラは緊張で一睡もできなかった。

当日。

アレクサンドラは重々しい礼装に身を包み、城の正面門の内側で、臣下たちとジョスランを待ち受けていた。

やがて、先触れが連絡を入れてくる。

「陛下、ただいまトラント国のジョスラン国王御一行、門前に到着でございます」

心臓がどきんと跳ねたが、冷静な風を装う。ゆっくりと座っていた床几《しょうぎ》から立ち上がる。男らしさを出すため、わざと低い声を作る。

「そうか——では、お出迎えしよう」

国王補佐官のベルーナ公爵を始め臣下たちが、一斉にアレクサンドラの後に続いた。

「門扉を開け」

アレクサンドラが命じると、重々しい鉄の正面扉がゆっくりと左右に開かれた。

門扉の向こうに、騎乗した一行が並んでいる。

最前列の立派な白馬に跨《また》った青年が、ひらりと降りた。

青い礼装に金の剣を下げ、青いマントを翻してこちらに姿勢良く歩いてくる。

「っ……」

彼の姿をまともに見た刹那、アレクサンドラは声を呑む。

見上げるような長身、長い手足、短めに刈り込まれた艶やかな黒髪、鋭い黒曜石色の目、高い鼻梁《びりょう》、きりりと引き結ばれた形の良い唇、鋭角的な男らしい美貌。

十年ぶりに再会したジョスランは、かつての美少年の面影を残しつつ、威風堂々とした青年に成長していた。

「アレク・フィリッペ七世殿下、お出迎え痛み入ります。両国の友好と発展のために、お互いに力を尽くしましょうぞ」

深みのあるコントラバスのような声に、胸が熱くなる。

ジョスランがすっと片手を差し出す。

武人としても名高いジョスランらしく、節高で剣ダコのある男らしい大きな手だ。

「こちらこそ、ジョスラン・トラント陛下。歓迎します」

アレクサンドラは低めに抑えた声で、ぎゅっと力を込めてジョスランの手を握った。小さな自分の手がすっぽり収まるジョスランの手に触れると、身体中の血がかあっと熱くなる気がして、内心狼狽《うろた》えた。

だが、そんなそぶりは少しも表に出さないように努める。

「まずは、用意させた部屋でひと休みなさるがいいでしょう。夕刻から、陛下の歓迎を兼ねた晩餐会《ばんさんかい》を催しますので」

アレクサンドラは城内へジョスランを案内した。

並んで歩くと、身長が高く大股なジョスランの方が前へ出そうになる。彼はそれを気遣うように、少し歩調を緩めた。

「陛下はやめてほしい、アレク王よ。ジョスランと、呼んでください。お互い年若くして一国の王となった身、今後は個人的にも、あなたと親交を深めたいと思っています」

アレクサンドラは、隣にジョスランの存在を感じるだけで脈動が速まった。

「で、では、ジョスラン。私のことも、アレク、と呼んでいただきたい」

ジョスランはにこりと微笑んだ。

「承知した。アレク」

その笑顔があまりに清々《すがすが》しくて、アレクサンドラはせつなさで胸が締めつけられる。

（ああ、ほんとうは『アレクサンドラ』、って、呼んでほしい……）

と、ジョスランは親友同士がやるように、気さくにアレクサンドラの肩に手を回してきた。

「これで私たちは友だちだな、アレク」

アレクサンドラは思わず声を上げそうになり、慌てて笑顔を取り繕う。

「そ、そうですね、ジョスラン」

貴賓室までジョスランを案内すると、アレクサンドラは侍従たちと共に自分の部屋に戻った。

長い回廊を歩いている間、心臓がずっとドキドキしていた。

アレクサンドラは、はっきりと自覚した。

（どうしよう……やっぱりジョスラン様が好き。恋しい。再会して、彼の方への想いがますます強くなってしまった……）

だが、どうしようもない。

これからは国王アレクとして、ジョスランと付き合っていかねばならぬ定めなのだ。

できるだろうか。

男らしく、国王らしく。

そうだ、自分はこの国のために命を捧げると誓ったのだから、きっとできるはず。

アレクサンドラは、萎えそうな気持ちに鞭打《むちう》つ。

ジョスランを招いて晩餐会の前に、トラント国の重臣たちを集めての打ち合わせが持たれた。

「ジョスラン陛下は、噂通りの切れ者のようですな。これはこちらも油断ができませぬ」

「国力が拮抗《きっこう》している今、ぜひとも我が国が一歩相手より先んじたい」

重臣たちの話し合いに耳を傾けようとしても、アレクサンドラの意識は乱れてなかなか集中できない。そんな様子に気がついたのか、国王補佐官のベルーナ公爵が少し口調を強くした。

「陛下、お若い王同士で、あちらも油断するところもあります。どうか、あくまでも我が国が優位であるという態度を崩さず、威厳をもって相手に接してください」

アレクサンドラははっと気を取り直し、重々しくうなずく。

「わかっている」

だが晩餐会の時間になり、ジョスランと隣同士の席になると、アレクサンドラは彼を強く意識して、ついついうつむきがちになり口数が少なくなってしまう。

ジョスランは、そんなアレクサンドラの態度に気を悪くするそぶりも見せず、経済の話から愛馬の話まであれこれと振ってくれる。

彼の懐《ふところ》の深さに、アレクサンドラは救われる思いがした。

デザートが出るころ、アレクサンドラは、気になっていたことをジョスランにさりげなく尋ねた。

「そういえば、ジョスランは好みの女性像などはありますか？」

フルーツタルトにナイフを入れていたジョスランが、ふと手を止める。

彼は珍しく考え込むような顔をした。

それから、再びナイフを動かしながら答える。

「そうですね、ずっと心に留《とど》めている女性はおります」

アレクサンドラはずきりと胸が疼いた。

当然だろう。

若く容姿端麗で才気に恵まれた国王なのだ。どんな理想の女性でも思いのままだろう。聞くのではなかった。

「そ、そうですか……」

うつむいてタルトを細かく切る。

「アレクはどうなのだ？　好きな貴婦人はおられるのか？」

ジョスランが顔を覗《のぞ》き込《こ》むように尋ねてきた。

アレクサンドラはかあっと頬に血が上るのを感じる。

「わ、私はっ——そ、そんなものは、おらぬっ」

むきになって答えると、ジョスランは目を丸くし、白い歯を見せてははと豪快に笑った。

「アレクは若いな、恋もまだ知らないのではないか？」

彼の大きな手が、からかうみたいにごしごしと頭を撫でた。

「し、失敬なっ」

耳朶まで赤くして、ジョスランの手を振り払う。

ジョスランはまだ笑っている。

参列した両国の臣下たちも、若い国王同士が親密そうな様子を、ほほえましく見ている。

アレクサンドラはジョスランのおおらかな人柄に触れ、自分がもしほんとうに男だったら、彼のような友だちを持ちたい、と思う。一抹の寂しさを感じつつも、ジョスランと親交を深めることができるのは嬉しい、と素直に思った。

その後の一週間。

ジョスランは精力的にゴーデリア国内を視察して周り、アレクサンドラは彼に同行して、自分の国の産業や文化について説明したり議論を交わしたりした。

ゴーデリア国は農業国であり、一方でトラント国は工業が主体である。

互いの国の特性、これからの国のありようなど、二人は熱心に語り合った。

アレクサンドラは、ジョスランの目から鼻へ抜けるような頭の回転ぶりに、舌を巻いた。一方で、ジョスランの方は、アレクサンドラのじっくり深く物事を考察する態度に敬服したようだ。

二人は互いに人間同士として、尊敬の念を抱いた。

でも――。

ジョスランと国王同士としての親交が深まれば深まるほど、アレクサンドラの心は悲しみに満ちていく。

日毎にジョスランへの恋情が募っていく。

毎日、こんなにも親しげにしているのに。

この溢れんばかりの恋情を、決して彼に伝えることは叶《かな》わないのだ。

あまりに辛すぎる。

やがて、ジョスランの滞在最後の晩になった。

王城を上げての、盛大な送別舞踏会が催されることになっていた。

アレクサンドラは、国王として舞踏会の冒頭に祝辞を述べると、少しだけ休憩を取るという名目で自室に引き上げた。

そこには、コリンヌが一人だけで待機していた。

アレクサンドラは大急ぎで、国王の王冠を外しマントを脱ぎ捨てる。

「コリンヌ、準備はできている？」

コリンヌは青ざめた表情だが、深くうなずく。

「はい、すべて」

アレクサンドラは国王の礼装をすべて脱ぎさり、シュミーズ一枚になって姿見の前に立った。

「早くよ、コリンヌ、急いでちょうだい」

アレクサンドラが急《せ》かすと、コリンヌは準備してあった真紅のドレスを手際よく着付けしていく。袖なしでデコルテの深い、身体の線を強調した最新流行のドレスだ。

ドレスを着せ終わると、コリンヌはアレクサンドラを化粧台の前に座らせ、亜麻色の髪の鬘を被せると、それを豪奢《ごうしゃ》な髪型に結い上げた。ルビーのイヤリングにネックレスで飾り、アレクサンドラに薄化粧を施す。

みるみる、世にも稀《まれ》な美女が出来上がっていく。

アレクサンドラは、女性に戻った自分の姿に目を奪われた。

本来の自分の帰ると、心が柔らかくほぐれていくようだ。

「ああ、ドレスを着るのは一年ぶりよ、コリンヌ。ほっとする」

アレクサンドラは涙ぐんだ。

「お前にばかり無理をさせて、ごめんなさい」

コリンヌも目を潤ませ、首を振った。

「おいたわしい、姫君。こんなにもお美しく嫋《たお》やかなのに、男の服に身を包んで生きるなど。この一年、私は姫君がどんなに辛くても耐えて、アレク国王としての執務を全うしてきたかを見ております。この一夜、女性に戻られても罰は当たりますまい」

コリンヌはアレクサンドラの支度が調うと、そっと抱きしめてささやいた。

「姫君――なにかあったら、このコリンヌが死をもって償いますから」

アレクサンドラは素早くコリンヌの頬にキスすると、きっぱりと言う。

「いいえ。これは私のわがまま。お前にだけ責任を取らせはしないわ」

「では、姫君これを」

コリンヌは小さなランタンと、天鵞絨の仮面を手渡す。その仮面は、十年前に少女だったアレクサンドラがお忍びで舞踏会に出かけた時に付けていたものと、同じデザインだ。

コリンヌはアレクサンドラの手を取ると、国王の部屋にだけ設《しつら》えてある隠し扉を開けた。

そこから、国王だけは城のあらゆるところに秘密裏に行けるのだ。

「さあ、お急ぎください。一晩だけですよ。夜明け前には、ここにお戻りください。アレク国王陛下は、お酒を過ごして早めにお休みになった、そう臣下や侍従たちには言い置いておきますから」

コリンヌに促され、アレクサンドラは狭い秘密の通路に入った。

仮面を着け、ランタンの灯りを頼りに、大広間への通路を小走りに急いだ。

胸がドキドキする。

今宵一晩だけ、女性に戻る。

アレクサンドラは強く決意していた。

カーテンに隠された隠し扉から、そっと大広間へ身を滑り込ませた。

宴はたけなわで、招待客たちがさんざめきダンスを踊っている。

アレクサンドラは、人ごみの中に、ひときわ背の高いジョスランの姿を見つけた。

ベルーナ公爵となにか政治的な話をしているようだ。

今夜のジョスランは、濃紺の礼服と白いトラウザースに身を包み、絵に描いたような美麗な貴公子ぶりだ。遠巻きにしている貴婦人たちが、みんなうっとりと彼に見惚《みほ》れている。

アレクサンドラは仮面を着けた顔を、さらに孔雀《くじゃく》の羽の扇で覆うようにして、そっとそちらに近づく。

さりげなく会釈して、ジョスランの脇を通り過ぎた。

刹那、ジョスランがはっとしてこちらに顔を振り向けた。

アレクサンドラと目が合う。

アレクサンドラは潤んだ瞳でジョスランを見つめつつ、ゆっくりと大広間を抜けていく。

「あ、君――」

ジョスランが声をかけてきた。

アレクサンドラは、ちらりとジョスランに視線を送り、そのまま中庭に出るベランダに出た。

すぐにジョスランが追いかけてきた。

彼の息が弾んでいる。

「君――君はもしや、あの時の亜麻色の髪の乙女ではないか？」

（ああやっぱり、ジョスラン様は覚えていてくれたんだわ！）

アレクサンドラは喜びに胸がきゅんと甘く疼く。

「その通りです。いつか、陛下に再会できる日をお待ちしておりました」

ジョスランに顔を振り向け、婀娜《あだ》っぽい表情を作ってみせた。

ジョスランの黒曜石色の瞳が熱く潤む。

彼の長い腕が伸ばされ、アレクサンドラの手をそっと握る。

「私もだ。君にずっと会いたかった。この国を来訪した時、もしかしたら君に出会えるかもしれないと、ずっと信じていたんだ」

「陛下……」

アレクサンドラは声が震えた。

腕を引き寄せられ、ジョスランの広い胸の中に抱かれた。

「君が恋しくて、恋しくて――ずっと忘れられなかった。亜麻色の髪の乙女」

耳元で艶《なまめ》かしい声でささやかれる。懐かしいシトラス系のオーデコロンの香りに、涙が溢れそうになった。

顔を上げひたとジョスランを見つめ、彼の手をしっかり握るとベランダから中庭に誘った。

昔、初めて二人がキスしたニセアカシアの木の下に導く。あの時と同じように、白い花の甘い香りが二人を包んだ。

「陛下……」

「亜麻色の髪の乙女」

二人は互いを見つめ合う。

どちらからともなく唇を合わせた。

「ふ……」

忘れもしないこの柔らかな感触。

アレクサンドラの背中が甘くぶるりと震える。

ジョスランは掠《かす》めるようなキスから、繰り返し唇を喰むように優しく啄《ついば》む。

「……ん、ん」

うっとりとキスを受けていると、ふいにジョスランの舌が口唇をぬるりと舐《な》めた。

濡《ぬ》れた熱い感触に、はっとして思わず口が開いた。

すると彼の舌が素早く口腔《こうこう》に忍び込んでくる。彼の舌先がアレクサンドラの舌を探り当て、そろりと撫でてきた。

「んっ……」

瞬間、背中から爪先まで、甘い痺《しび》れが走った。生まれて初めて感じる官能の悦《よろこ》びに戸惑い、思わず顔を背けようとすると、素早くジョスランの腕が背中を引き寄せた。

そして、強引に舌を搦《から》め、強く吸い上げてきたのだ。

「んふぅ……ん、んんぅ、んっ」

未知の甘い痺れが、次々に背中から身体中に走り抜けていく。

その深いキスはあまりに強烈で蠱惑的《こわくてき》で、アレクサンドラは頭の中がぼんやりと霞《かす》んでいく気がした。

アレクサンドラの抵抗がないと知ってか、ジョスランは顔の角度を変えては舌を搦め吸い上げ、時には口腔内を掻き回す。息が詰まり声も上げられない。

「はぁ、は、ん、んんふ、う……」

アレクサンドラの四肢からみるみる力が抜けていく。ジョスランの腕に支えられていなければ、その場に頽れてしまいそうだ。

「……んん、んっ、んゃ……ぁ、あ、は……」

くちゅくちゅと舌が擦れ合う卑猥《ひわい》な水音が耳の奥に響き、恥ずかしくてならない。でもそうされると、どうしようもなく心地いい。愉悦と混乱で思考が停止してしまう。

ジョスランは延々と深いキスを繰り返し、アレクサンドラの甘い舌を堪能した。

どれほどの時間が経《た》ったろうか。

気の遠くなるような深いキスの果てに、ようやくジョスランが唇を解放してくれた時には、アレクサンドラはとろんと酩酊した表情を浮かべ、彼の腕の中でぐったりと抱かれていた。

「ああ、亜麻色の髪の乙女――」

ジョスランは感に堪えないと言った声を漏らし、アレクサンドラの髪や額に何度も唇を押し付けた。

「あなたは誰なのだ？　不思議な人だ。ふいに現れて、私の心を奪ってしまう」

ジョスランの手が仮面に触れる。

「その麗しいかんばせを、ひと目拝見するわけにはいかぬか？」

アレクサンドラは素早くジョスランの手を押さえ、強く首を横に振る。

「それだけはご勘弁ください。もし、素顔を晒《さら》してしまったら、私はもう二度と陛下の前に姿を現せないでしょう」

ジョスランはそっと手を引く。

「そうか。深いわけがあるのだね。わかった、君に無理強いはしない」

ジョスランは再び唇を重ねてくる。

舌が口腔内に滑り込んでくると、アレクサンドラはおずおずと彼の舌の動き応じた。

「……んん、ん、んぅん」

くちゅくちゅと唾液を混じり合わせるように舌を絡ませると、甘い酒に酔ったみたいな悦びが、再び全身に拡《ひろ》がってくる。

ジョスランはキスを仕掛けながら、片手であやすみたいにアレクサンドラの背中を撫で、そのまま腰の線を辿《たど》り胸元をまさぐってきた。

「あっ……」

異性との接触が皆無だったアレクサンドラは、思わずびくりと身を竦ませた。唾液の糸を引いて唇を離したジョスランが、低い声でささやく。

「怖がらないで、乱暴にしないから」

ジョスランはアレクサンドラのまろやかな乳房を服の上からすっぽり包み込み、やんわりと揉《も》み込んだ。

「……ぁ、あ」

緊張しているのに、なぜか下腹部にじわりと熱が生まれそれがじれったさをもって身体に拡がっていく。

「なんて、柔らかい――」

ジョスランはうっとりした声を出し、アレクサンドラの双乳を交互に揉《も》みしだいた。

「あ、あぁ……」

そうされると、どういうわけか服地の内側で乳首がツンと尖《とが》って芯をもち、クッと勃ち上がってくる気がした。

ジョスランの節高な指が布越しにそこをざらりと撫でる。刹那、ぞくぞくした鋭い喜悦が乳首の先から生まれて、下腹部を直撃した。

「ひぁっ？」

びくりと腰を浮かせ、恥ずかしい鼻声が漏れてしまった。

ジョスランが薄くため息で笑う気配がする。

「感じたか？」

アレクサンドラは恥ずかしさと戸惑いで、全身の血がかあっと熱くなる。

するとジョスランはドレスの深い襟ぐりから、手を潜り込ませ、直に乳房に触れてきた。

「あっ、あ」

ひんやりした男の指の感触に、身体が緊張して強張《こわば》った。

ジョスランの指は、驚くほど繊細に乳首をまさぐる。ぷっくり膨れた赤い蕾《つぼみ》を、優しく指の腹で上下に擦ったり、ふいにきゅっと強めに摘《つま》み上《あ》げたりする。

そのたびに甘い刺激が身体の奥に走り、自分のあらぬ部分がじくじく疼いてもどかしい。

「や……ぁ、あ、やめ……ぁあ……」

恥ずかしい鼻声が止められず、腰が誘うみたいにもじもじ動いてしまう。

「なんて可愛《かわい》い声で啼《な》くのだろう、たまらない」

ジョスランがせつなげな声を出す。そして、アレクサンドラの反応を窺うみたいに、乳首を擦ったり捻《ひね》ったり、くりくり転がしたりと、執拗《しつよう》に愛撫《あいぶ》を繰り返した。

「は……ぁ、あ、や……ぁあ……ん」

触れられもいない秘裂がきゅうきゅう締まり、耐えられない疼きを逃すそうと、もじもじ太《ふと》腿《もも》を擦り合わせてしまう。

その様子に、ジョスランは体重をかけるようにして、アレクサンドラの背中をニセアカシアの幹に押し付け、片手で嵩張《かさば》るスカートとペチコートを捲《めく》り上げた。そのまま、長い指がそろりと足を撫《な》で上げてきた。

「あ、あ、や、だめ……っ」

じりじりとジョスランの手が、太腿の内側の核心部分に迫ってくる。

怖くて逃げたい思いと、疼くそこに触れてほしいという妖しい欲望が交差して、身動きできない。

その隙に、ジョスランの指はするりとドロワーズの裂け目から奥へ潜り込んできた。

長い指先が薄い和毛《にこげ》を掻き分け、割れ目に触れてくる。

「ひゃっ、あっ」

自分でも触れたこともない恥ずかしい部分を、ジョスランの指先がゆっくりとなぞった。くちゅりといやらしい水音がして、男の指が滑る感触がした。

「ああ、もうこんなに濡れて――私の指で、気持ちよくなったんだね？」

ジョスランが感動したように言う。

「やめ、あ、あぁ、あ」

恐怖よりも、疼き上がっていたそこに触れてもらった快感の方が、先走った。

羞恥で頭が煮えそうなのに、溢れてくるもののぬめりを借りて、ジョスランの指が優しく割れ目を上下に撫《な》で擦《さす》ると、初めて知る官能的な快感に、隘路《あいろ》の奥がひくひく戦慄《おのの》くのがわかった。そして、とろりとした液が、後から後から溢れてくるのを感じて、うろたえる。

「や、あ、ジョスラン、様、だめ、そんなにいじらないでぇ、あ、ぁあ……いやぁ」

恥ずかしにぎゅっと目を瞑ると、逆に身体中の神経がジョスランの指の動きを追ってしまい、さらに心地よく感じてしまう。

「いやではないだろう？　こんなに蜜を溢れさせて——もっと触れてあげよう」

ジョスランは内腿《うちもも》まで溢れ出した愛液を指の腹で掬《すく》い上げると、花弁を割り開き、秘部の合わせ目の上の方を探った。そこに何か指が引っかかるような小さな突起があり、そこにぬるっと触れられた途端、雷にでも打たれたような激烈な快感が背骨を伝って、脳芯まで届いた。

「ひあうっ」

悲鳴みたいな声が漏れ、腰が大きく跳ねて身体が硬直した。

「ああここだな、女性が一番感じてしまう敏感な部分は」

ジョスランは濡れた指で、その鋭敏な突起を撫《な》で回したり、押し潰すみたいに刺激を与え始める。

「はあっ、あ、や、あっ、あっぁっ」

耐えきれないほどの愉悦が連続して襲ってきて、アレクサンドラは背中を仰《の》け反《ぞ》らせて四肢を強張らせた。

生まれて初めて知る性的な快感の凄《すさ》まじさに、アレクサンドラはびくびく背中を震わせながら、思わずジョスランの身体に縋《すが》り付く。

「やめ……あぁ、やめて……あ、あぁ、怖い、へんに……っ」

首をふるふる振り立てて懇願したが、ジョスランは解放してくれない。それどころが、ますますぷっくり膨れたそこを、円を描くように撫で回したり、ふいに摘み上げたりして、さらに強い刺激を与えてくる。

「だめ、お願い、やめ……おかしく……あ、ぁあ」

痛いくらいの快感に目尻に涙が溜《た》まってくる。深い快楽に全身が酔いしれてしまい、拒絶する気力が失われる。それどころか、もっとしてほしいみたいに、両足が力なく開き腰が突き出してしまう。

「おかしくなって、いい。私の指で、達《い》ってしまいなさい」

ジョスランが耳元に顔を寄せ、熱い息とともに悩ましい声を吹き込んでくる。彼の指がうごめくたびに、ぐちぐちと恥ずかしい水音が立って、それが興奮をさらに煽《あお》ってくるようだ。

「い、いく……って？」

「あまりに気持ちよすぎて、耐えきれないことを言うんだ」

それがどのような感覚なのか想像もつかない。

と、ジョスランの舌が、ぬるりと耳朶の後ろを舐めた。ぞくっと鳥肌が立つような刺激に、あられもない声が唇をついて飛び出す。

「ひゃぁんっ」

「あここも感じやすいのだね。可愛い、もっと感じさせて上げよう」

ジョスランはぬるぬると耳の後ろを舐め回しながら、さらに充血しきった突起を愛撫する。

「あ、あ、あぁ、あ、やめ、て、だめ、ああだめ、だめ……ぇっ」

子宮の奥にむず痒《がゆ》いような快感がどんどん溜まってきて、それが決壊して溢れ出してしまいそうな感覚に陥る。

「だいじょうぶ、感じるまま、そのままで流されて――」

ジョスランが指の動きをさらに速めた。

アレクサンドラは瞼の裏に、ちかちかと快楽の火花が飛ぶような気がした。そして、ついにその未知の喜悦の頂点に達してしまう。

「あ、あああぁあーっ……っ」

背中が弓なりに反《そ》り、四肢がぴーんと突っ張った。

頭が真っ白に染まる。

隘路の奥がひくりひくりと収斂《しゅうれん》し、息が詰まり全身にどっと汗が吹き出した。

数秒、意識が飛ぶ。

やがて、身体がぐったりと弛緩《しかん》し、呼吸が再開される。

これが、達するという感覚なのか。

「……はあっ、は、はぁぁ……ぁ」

ジョスランの腕にもたれ、びくびくと腰を痙攣《けいれん》させながら、絶頂の残滓《ざんし》を味わう。

「初めて、達したんだね？　無垢《むく》な亜麻色の髪の乙女よ」

すると蜜口の浅瀬にあったジョスランの指が、そのままぬくりと隘路の奥へ押し入ってきた。

「あっ……」

異物感に目を見開く。

「狭いね――でも、よく濡れて、きゅうきゅうと私の指を締め付ける」

節高な男らしい指が、アレクサンドラの内壁を押し広げるみたいに探ってくる。きつくて怖いのに、熱を帯びた膣襞《ちつひだ》を擦られると、満たされたような悦びが湧き上がってくる。

「ん……ん、んぅ、んん」

目を閉じて、ジョスランの指の動きを追っていると、長い指がさらに奥へ侵入してくる。初めて身体の奥をいじられる恐怖に、必死で耐えた。

ジョスランはゆっくりと指を抜き差しする。

「狭いな――指一本がやっとだ。痛むか？」

「あ、だいじょうぶ、です、でも、怖い……あっ……ん、んん」

ジョスランの親指が、感じやすい花芽も同時に触れてきた。

「は、あぁ、ああん、ぁあ……」

再び心地よい熱が下腹部に溜まってきて、さらに蜜が吹き出し、指の動きが潤滑になる。

「ああ、動きが滑らかになった。もう一本、挿入《はい》るかな」

いつの間にか、ジョスランの指が二本に増えている。

だが、最初の時のような違和感はない。

ぬちゅぬちゅと猥りがましい音を立てて、指が何度も行き来すると、陰核の刺激とはまた違う、重苦しいような快感が生まれてくるような気がした。

「は、はぁん、はぁ、ああ……」

ジョスランの肩に縋り付き、与えられる快楽を貪ってしまう。

「可愛い、なんて君は可愛い。私の手で達して、私の指を嬉しげに喰《は》む」

ジョスランが、ちゅっとちゅっと音を立ててアレクサンドラの唇にキスをした。そして、熱をはらんだ黒い瞳でじっと見つめてくる。

「亜麻色の髪の乙女よ——君が欲しい。君を奪ってもいいだろうか？」

アレクサンドラは、その欲望を宿した眼差しから目を離すことができなかった。

もとより——。

そのつもりで、女装してここに来たのだ。

一生国王として生きねばならない自分の、止められない恋情をこの一夜に賭けた。

ジョスランが好きだ。恋しくて恋しくてたまらない。

彼にならば、すべてを与えられる。

なにもかも、女としての初めてをこの人に奪ってほしい。

アレクサンドラは、潤んだ青い瞳でジョスランを見返す。

「ジョスラン様……私、ずっとあなたをお慕いしていました。あなただけに、この身も心も捧げるつもりで、今宵、参ったのです」

ジョスランの美麗な顔が、歓喜にぱっと輝く。

「亜麻色の髪の乙女。私もだ。私もずっと君のことだけを想い、恋していた」

ジョスランはおもむろに、ぬるりと指を引き抜いた。

「あ……ん」

その喪失感にすら、妖しく感じてしまう。

ジョスランがさらにアレクサンドラの身体をニセアカシアの幹に強く押し付けた。

彼の大きな手が、アレクサンドラの両足を大きく開かせる。

そして、ジョスランはそこに自分の身体を割り込ませるようにして、両足を固定させる。押し付けられたジョスランの股間が、トラウザーズ越しにも硬く張り詰めているのがわかった。

「あ」

「わかるか、乙女よ。私の欲望が君を欲しくて、こんなに滾《たぎ》っているのを」

「熱い……」

「そうだ。君の中に入りたくて、どうしようもなくなっているんだ」

ジョスランが低く掠れた声を出す。

「挿《い》入れて、いいか？」

アレクサンドラは、ごくりと唾を呑《の》み込んだ。

男女の睦《むつ》み合《あ》いについては、本でいくらか読んだ知識しかない。

が、自分の性器に男性の性器を受け入れる行為だというくらいは、承知していた。

しかし、ジョスランの股間で息づくものは、自分の幼い想像をはるかに超えて、巨大で熱く硬いように思えた。こんなものが、自分の慎《つつ》ましい隘路に入るとはとても思えない。

意を決して来たのに、にわかに本能的な恐怖が襲ってくる。

「こ……わい……」

声を震わせると、ジョスランが熱をもった頬に優しくキスを繰り返す。

「ゆっくり、するから」

彼の声も欲望に耐えているのか、同じように震えている。

アレクサンドラはこくりとうなずく。

彼となら、どんな怖いことでも乗り越えていけそうな気がした。

ジョスランが自分のトラウザーズの前立てをもどかしげに緩めた。

「っ……！」

取り出された彼の屹立《きつりつ》した欲望を目にして、そのあまりに巨大で禍々《まがまが》しい形状に息を呑む。

竦《すく》み上《あ》がっているうちに、その傘の開いた先端がぐっと蜜口に押し当てられた。

「あ」

熱くて硬い剛直の感触に、下腹部の奥が物欲しげにざわついた。

「亜麻色の髪の乙女――」

ジョスランの切っ先が、ぐぬりと花弁を押し開いて侵入してくる。

「ひ……っ」

めりめりと隘路を押し開いて、圧倒的な質量をもった男の肉塊が押し入ってきた。

「あ、や……痛……っ」

太い肉茎が、慎ましい蜜口を限界まで押し拡げる。

ジョスランが腰の動きを止めた。

そして、涙目になったアレクサンドラの表情を気遣わしげに見つめてきた。

「辛いか？」

ジョスランはわずかに腰を引き、蜜口の浅瀬をくちゅくちゅと亀頭で掻き回す。

「ん、あ、ぁあ……」

疼く秘裂を刺激されると、再び快感が湧き上がり、隘路の奥から新たな蜜が溢れてきた。アレクサンドラが感じ入った鼻声を漏らし始めると、ジョスランはまた徐々に挿入を開始する。

「あ、あ……ぁ」

最初の時より苦痛はなかったが、隘路をめいっぱい埋め尽くす肉棒の熱量に、胸まで灼《や》けついてしまいそうにせつなく、苦しい。

「どうだ？　痛いか？」

ゆっくりと腰を押し進めながら、ジョスランが耳元で乱れた息とともに尋ねてくる。

「あ……だいじょうぶ、です……」

浅い呼吸を繰り返しながら、切れ切れに答える。

「く──狭いな。押し出されそうだ。乙女よ、もっと力を抜いてくれ」

ジョスランがくるおしげな声を出す。

「あ、ぁ、どうすれば……」

緊張と興奮で頭が働かない。

すると、ジョスランはアレクサンドラのほっそりした片足を抱え上げ、さらに大きく股間を開かせた。

「あっ」

こんな恥ずかしい格好はしたこともない。うろたえて一瞬、四肢の力が抜ける。と、それまでじりじり侵入していたジョスランの肉胴が、ずずんと一気に刺し貫いてきた。

「──っ!!」

衝撃と激痛で、アレクサンドラは目を見開き、声にならない悲鳴を上げた。

「ああすまぬ、もはや耐えきれなかった。乙女よ、全部挿入《はい》った──」

動きを止めたジョスランが、はあはあと荒い呼吸を繰り返す。

「あ、ぁあ、ああ……」

息を短く吐いて痛みをやり過ごそうとしながら、アレクサンドラは間近にあるジョスランの端整な顔を見つめる。

「熱い、君の中――それにきつくて、ああ、なんて気持ちいいんだ」

長いまつ毛を伏せ、目を半ば閉じ、何かに耐えるような表情の彼は、今まで颯爽《さっそう》とし自信に満ちた国王ではなく、一人の恋する青年の素顔だった。

アレクサンドラの胸がきゅんきゅん締め付けられた。

両手でジョスランの背中をぎゅっと抱きしめる。

「陛下――嬉しい……陛下に私の純潔を捧げることができました……陛下しか、おられないと、ずっとずっと心に決めておりました」

自分の中がみっしりと男の欲望で埋め尽くされ、今ひとつになったという感慨がひしひしと迫ってきた。この痛みも苦しみもジョスランから与えられたものだと思うと、悦びすら感じた。

すると、ジョスランもぎゅっと強く抱き返してくれた。

「亜麻色の髪の乙女――健気《けなげ》で、いとけなくて、なんと愛おしい」

彼の声も感動に震えているようだ。

二人はぴったりと密着し、互いの感触をしみじみ味わう。

アレクサンドラがせわしなく呼吸をすると、ひとりでに媚肉がひくひく締まり、ジョスランの肉茎が、そのたびに感じ入ったみたいにびくりと脈動する。

「動くぞ」

ジョスランがゆるゆると腰を揺さぶり出す。

「う、く、あ、ぁ、あ」

破瓜《はか》したばかりの肉襞が引き攣《つ》れて、鈍い痛みが走る。

だが、愛する人と一つになれた悦びの証《あかし》だと思い、歯を喰《く》いしばって耐えた。

「苦しいか？　私はすごく悦い。熱くてぬるぬるして、締まって——夢見ていたものより、何倍も素晴らしい」

ジョスランがうっとりした声を出すので、胸が熱くなった。

「初めては辛いものだという。でも、少しでも君も悦くしてあげたい」

ジョスランは腰を穿《うが》ちながら、アレクサンドラの襟ぐりに手をかけ、ぐいっと引き下ろした。

夜目に白いまろやかな乳房が、ふるんと零《こぼ》れ出る。

「きゃ……」

剥《む》き出《だ》しになった乳房の狭間《はざま》にジョスランが顔を埋め、尖った乳首をちゅうっと音を立てて吸い上げた。ひりつく乳首を強めに吸われると、じんじんした痺れと甘い官能が下腹部を襲う。

「あ、ああ、あっ」

感じ入って背中が仰け反り、男根を包み込んだ濡れ襞がぴくぴくと細かく収斂してしまう。

そして、鋭敏な乳首を舐め回されたり、甘噛みされたりしているうちに、新たな愛液がじわじわ溢れてきて、肉棒の抜き刺しが滑らかになってきた。

同時に、引き攣るような痛みは薄れ、内壁を擦られることで生まれる重苦しい快感が生まれてくる。

「は、はぁ、あ、あぁ……ん」

自分でも恥ずかしいくらい、艶かしい鼻声が漏れてしまう。

「く――締まるな、これはひとたまりもない」

ジョスランが低く呻《うめ》く。

彼はアレクサンドラの片足を抱え直してさらに引きつけ、結合をいっそう深くした。

そしてそのまま最奥をぐいぐいと突き上げてくる。

「ひぁ、あ、だめ、そんなに激しく……あ、ああ、ああ、ぁああ」

媚肉を擦られるたび、灼け付くような燃え立つような感覚が深まり、奥を強く突かれると、目も眩《くら》むような衝撃に頭がクラクラする。

身体がどこかへ飛んでしまいそうな錯覚に陥り、アレクサンドラは夢中になってジョスランの背中にしがみついた。

「やぁ、陛下、私……ああ、だめ、あ、壊れ……あぁ、はぁあ……っ」

「すごい――乙女よ、きゅうきゅう締め付けて――悦くなってきたか？」

ジョスランの声に余裕がなくなり、彼はさらに腰の動きを速める。

ぐちゅんぐちゅんと粘膜に打ち当たる淫猥《いんわい》な音が、夜の庭に吸い込まれていく。

「んんぁ、あ、わからな、い……でも、熱くて……なにか、すごく熱いものが、くる、ような……」

それは陰核の刺激で与えられた鋭い快感とはまた違う、深くてじわじわと高波のように押し迫ってくる愉悦だった。

その波がどんどん大きくなっていく。

「や……陛下、あ、あぁ、あ、どうしよう、だめ……あぁ、変な声がでちゃう……」

ジョスランが子宮口まで突き上げるたび、頭の中で真っ白な火花が飛び散った。もう何も考えられない。恥ずかしいのに、声を上げていないとよけいに乱れてしまいそうで、あられもない嬌声《きょうせい》が止められない。

「また締まる――乙女よ、悦いのだね？　感じているだね？」

ジョスランが激しい抽挿を繰り返しつつ、バリトンの声を吐息とともに耳孔に吹き込んでくる。

その声のあまりに色っぽさに、背中がぶるりと震えた。

「はぁ、あ、気持ち、いい……です、ぁ、あぁっ、あ」

揺さぶられる振動で、声が途切れ途切れになる。

今は苦痛は消え去り、初めて知る深い官能の悦びだけがアレクサンドラを支配していた。

「可愛い、愛しい、私の乙女」

ジョスランは、もはや容赦なくがつがつと欲望のままに腰を穿ってくる。硬い先端が、子宮口のあたりをごりごり抉《えぐ》ってくると、喜悦の衝撃で、繋《つな》がったところからトロトロに溶けてしまうみたいだ。もう、どこからが自分の肉体でどこからが相手のものかもわからなくなる。

「や、そんなにしないで……あぁ、あ、だめ、しないで……あ、あぁっ」

揺さぶられるまま、与えられる快感を貪った。

ほどなく、怒涛のように熱い媚悦の高波が迫って、アレクサンドラの意識を攫《さら》っていく。防波堤が決壊する寸前みたいに、なにもかもが押し流される。

「あ、あぁ、あ、だめぇ、あ、どうしよう、陛下、だめ、なにか、くる、くるのっ」

アレクサンドラは頭をいやいやと振り、背中を大きく仰け反らした。

絶頂に大波に呑み込まれる瞬間、自分の柔襞がぎゅううっとひときわ強く収斂するのを感じた。

「は――もう、限界だ。乙女よ、終わるぞ、終わる――」

ジョスランが獣のように低く唸《うな》り、荒々しくアレクサンドラを揺さぶった。

「やあ、あああ、あああぁあぁっ」

ぱあんと頭の中で何かが弾けるような気がし、なにもかもが真っ白に染まった。

アレクサンドラは全身を硬直させ、内腿をびくびくと痙攣させる。

次の瞬間、ジョスランがぐっと腰を引いた。

ずるりと太竿が引き抜かれ、その喪失感に再び昇り詰めてしまう。

「っ、は、はぁあっ……ぁ」

自分の太腿のあたりに、何か生温かい大量の液体が放出される。

「あぁ……」

直後、全身の力が抜けてしまい、そのままずるずるとその場に頽れそうになった。

「はあっ、は、乙女よ――っ」

ジョスランは忙《せわ》しない呼吸を繰り返しながら、片手でアレクサンドラの細腰をしっかり支えてくれた。

汗と体液にまみれドロドロの二人は、しばらく呼吸を整えるように抱き合っていた。

「大丈夫だったか？　すまぬ、酷《ひど》くしてしまったか？」

やがてジョスランが心配げに、アレクサンドラの顔を覗き込んできた。彼は自分の衣服を整えると、ハンカチを取り出して、アレクサンドラの太腿を濡らした白濁を丁寧に拭き取った。

その思《おも》い遣《や》りがじんと胸に染みる。

官能の余韻に乱れた表情を見られるのが恥ずかしく、ジョスランの肩に顔を埋めるようにして首を振った。

「いいえ……嬉しいです……陛下とひとつになれて……夢のよう」

「乙女よ――」

ジョスランが感極まったように、ひしと抱きしめてきた。

彼はアレクサンドラの髪に顔を埋め、この上なく優しい声でささやく。

「今まで生きてきて、こんな素晴らしいことはなかった」

その言葉は、直に脳芯に響いてきた。

アレクサンドラは喜びとせつなさで、声を上げて泣きたいくらいだった。

「私も……陛下のお情けをいただけて、夢のようでした」

思いの丈を込めて答える。

ジョスランはそっと身体を離すと、アレクサンドラの華奢な肩を抱き、真摯な表情で見つめてきた。

「亜麻色の髪の乙女。私は明日には祖国へ帰還せねばならぬ。だが、この国の王は、あの若さにも関わらず、かなりの人格者で賢者だとわかった。私は彼がとても気に入った。だから、私はこれからも両国の交友を深めるべく、機会を作っては来訪しようと思う」

アレクサンドラは、王である自分のことがジョスランの口から飛び出したので、心臓がばくんと跳ね上がった。

「だから――」

アレクサンドラの動揺に気がつかないようで、ジョスランは黒曜石色の瞳でまっすぐ見据えてくる。

「また、お会いしたい。君はその物腰や所作から、きっと身分の高いやんごとなきご令嬢だと思う。私は君をいずれは私の――」

アレクサンドラは、はっとして思わず片手でジョスランの形のいい唇を塞いだ。

「その先は、おっしゃらないで……！」

ジョスランが驚いたように目を見開く。

アレクサンドラは手早く自分のドレスを直した。

そして、潤んだ瞳でジョスランを見つめる。

「運命が二人に味方すれば、またお会いできるでしょう。でも、それまでは……どうか、私を捜そうとはなさらないで」

それだけ言うと、くるりと踵《きびす》を返して大広間の方へ歩き出す。

ジョスランの声が追いすがってくる。

「待ってくれ、亜麻色の髪の乙女——」

アレクサンドラはその声を振り切るみたいに、足早で中庭を抜けた。

「お願いだ、もう少しだけ、君といたい」

ジョスランが追いかけてくる気配がする。

アレクサンドラは、中庭に立つ勝利の女神の像に近づき、その台座のあたりに隠されている取っ手を引く。するすると台座が左右に開き、地下へ降りる階段が見えた。ここにも、王城へ入るための隠し通路があるのだ。アレクサンドラはそこへ飛び込み、内側から取っ手を押し戻した。ぴたりと台座が閉じた。

「亜麻色の髪の乙女。どこへ行ったのだ？　乙女？」

外でジョスランが捜す声がする。

彼の声は、次第に大広間の方へ向かって小さく消えていく。

「陛下……ジョスラン様……」

アレクサンドラは、階段の壁にもたれて嗚咽を噛み殺した。

これでいい。自分の願いは叶った。

女性としてジョスランに愛されたかった。

純潔をあの人に捧げたかった。

熱く情熱的で、嵐みたいな出来事だった。

死ぬまで忘れないだろう。

たとえ、このまま男として国王として長い年月を生きねばならないとしても、このひと夜の思い出は、自分の大切な宝物になった。

「ありがとう、ジョスラン様……愛しています」

アレクサンドラはすすり泣きを堪えながら、一歩一歩階段を下りて行った。

翌日。

朝早く、ジョスラン一行は帰国の途についた。

城の正面玄関で、アレクサンドラは国王としてジョスランを見送った。

ジョスランは少しだけ目元に哀愁が漂っていて、いっそう男っぷりが上がっているように見えた。

ジョスランは馬に乗る前に、アレクサンドラに向かって手を差し出した。

「アレク、あなたとの出会い、あなたとの友情は、私にとって一生の大事な思い出になりました。ありがとう。これからも、国王同士として、そして友だちとして、またこの国を訪れてもいいでしょうか？」

アレクサンドラは、本当はジョスランの胸にすがって大声で泣きじゃくりたい心境だった。

（行かないで。好きです、あなたが好きなの）

だが、顎を引ききりりと表情を引き締める。

「もちろんですとも、ジョスラン。隣国同士だし、折々に我が国に遊びに来てください。歓待いたしますよ」

二人は固く握手を交わす。

ジョスランの大きな手を握ると、昨夜自分の身体の中を熱くくるおしく駆け抜けた彼の肉体の感覚が蘇り、アレクサンドラは胸が掻き毟《むし》られた。

「では、また。失礼する」

ジョスランもまた、国王らしい威厳のある態度に戻り、ひらりと馬に跨る。

「ごきげんよう、アレク」

ジョスランは馬の手綱を返し、ゆっくりと城門を出ていく。

「ごきげんよう、ジョスラン」

アレクサンドラは大きく手を振る。

ジョスランが最後に振り返り、手を振って応えてくれた。

アレクサンドラは涙が溢れて来そうで、その場に立っているのもやっとだった。

まだ下腹部には、ジョスランのものを受け入れた違和感が残っている。

破瓜の痛みすらも、愛おしい。

(さようなら、私の愛しい人……)

ジョスランの一行の姿が地平の果てに消えていくのを、アレクサンドラはいつまでも見送っていた――。


翌日。

執務室の机に向かいながら、アレクサンドラはそわそわしていた。

かねてより妊娠していたマリア侯爵夫人が、今朝産気づいたという知らせがあったのだ。

午後、連絡係の侍従が急ぎ足でやってきた。

「陛下、マリア侯爵夫人邸からのお知らせです」

アレクサンドラは、ぱっと立ち上がる。

「おお、生まれたか？　して男の子か？　女の子か？」

「はっ、お元気な女の子だそうです」

「あ……」

アレクサンドラは一瞬、失望のあまり身体の力が抜けそうになった。だが、机に手を突いて支えた。

「そうか、おめでたいことだ。マリア侯爵夫人には、私からのおめでとうという言葉を伝えてくれ。後日、なにかよき祝いの品を贈るともな」

「御意」

連絡係が引き下がると、アレクサンドラはへなへなと椅子に頽れた。

（ではまた、私が国王でいる月日が伸びてしまったのだわ……）

ため息をついて両手で顔を覆う。

（それにしても、女の子が生まれたからってがっかりするなんて……なんて私は自分勝手なことだろう。私だって女の子であることで、こんなにも苦しまなければならないのに。ごめんなさい、生まれたばかりの赤ちゃん……どうか幸せにすくすく育ってね）

アレクサンドラは心の中で、そう強く願うのだった。

第二章　深まる友情と哀《かな》しい恋

その後も、ジョスランとアレクサンドラは、頻繁に書簡を交わした。

政治経済から今読んでいる本や好みの料理の話まで、多岐にわたった内容を互いにしたため、送り合う。

アレクサンドラは、ジョスランの美しい筆記体の手紙を何度も読み返し、彼の深い教養と洞察力に感銘を受けた。ジョスランの人となりを知るほどに、アレクサンドラの心の中の恋情は膨れ上がっていく。

自分の手紙の最後に、

「友情を込めて――アレク」

と、書き込むたびに、胸の中ではこうつぶやいていた。

「愛を込めて――アレクサンドラ」

ゴーデリア国に秋が訪れた。

自然に恵まれたこの国では、狩猟も盛んである。

王城では、毎年初秋になると、内外の貴族たちを招いて大々的な鹿狩り大会を催す。

狩は巻狩《まきがり》と言って、太鼓やラッパをもった勢子《せこ》と呼ばれる役目の者たちが、四方から音を立てて獲物を一箇所に追い詰め、それを貴族たちが馬上から弓矢で狩るやり方だ。

今年の鹿狩りの催しに、アレクサンドラはジョスランに招待状を送り、快諾を得ていた。

（ああ、五ヶ月ぶりで、ジョスラン様にお会いできるのね）

アレクサンドラの胸は、ときめきを抑えようもなかった。


鹿狩り大会開催の日の、二、三日前のことである。

国王専用の執務室で、書類に目を通していたアレクサンドラの元へ、国王補佐官のベルーナ公爵が訪れた。

「陛下――おりいって、内密にお話ししたことがございます」

意味ありげなベルーナ公爵の目配せに、アレクサンドラは人払いを命じた。

執務室に二人だけになると、ベルーナ公爵はアレクサンドラの座っている執務机の前に近づいてきた。ここのところさらに肥満してきたベルーナ公爵が目の前に立つと、少し暑苦しい。

「それで、話とは？」

アレクサンドラが促すと、ベルーナ公爵は声を潜めて言う。

「明日には、トラント国の国王がこちらへ到着いたしますな」

ジョスランのことを口に出され、アレクサンドラははっと顔を上げた。だが、あくまで平静を装う。

「うん、そうだな。で？」

ベルーナ公爵の細い灰色の目が、さらに眇《すが》められる。

「いかがですか、この機に乗じて、トラント国王を抹殺するというのは？」

アレクサンドラは衝撃を受け、目を見開いた。

「な……!? ジョスラン国王を暗殺せよ、と？」

ベルーナ公爵は大きくうなずく。

「そうです。トラント国は、今後我が国の脅威になることは必至。今のうちに悪い芽は摘んでおくべきです」

アレクサンドラは、思わず椅子を蹴立てて立ち上がった。

「トラント王国と我が国は友好条約を結んでいる。それに、ジョスランは私の友人だ！」

声を荒らげたが、ベルーナ公爵は意に介する様子もなく、平然としている。

「それは、表向きのことです。陛下よ、あなたはお優しいから、トラント国王を信用なさっておられるのかもれないが、あちらだって我が国を配下に下そうと、虎視眈々《こしたんたん》と狙っているに決まっておりまする。やはり、陛下は少しお甘い」

アレクサンドラはかっと頬に血が上るのを感じた。

ベルーナ公爵は、アレクサンドラの正体を知っている数少ない臣下の一人だ。ベルーナ公爵に、暗に女性だから見識が甘いと批判されたように感じたのだ。

アレクサンドラは深呼吸を何度かして、気持ちを落ち着けようとした。そして、冷静さを装って言う。

「ベルーナ公爵。あなたの言うこともわかる。だが今は昔のように戦争や侵略で国同士が争う時代ではないと思う。いや、大国同士だからこそ、この大陸全体の繁栄と平和を担う責任があるはずだ。ジョスラン陛下は、常々そう言っておられる。私は、あの方の誠実さを信じたい」

ベルーナ公爵はわずかに顔を顰《しか》めた。が、彼はそれ以上は言い募らず、頭を下げる。

「御意――出すぎた忠告を申しあげました」

アレクサンドラはほっとして、口調を和らげる。

「いや。あなたは今年の鹿狩り大会の総責任者だ。招待された賓客たちが、心から楽しめるように気を配ってくれ」

「ははっ」

ベルーナ公爵は、そのまま執務室を出て行った。

アレクサンドラは、椅子に頽れるように座り込む。

ベルーナ公爵にはああ言ったものの、彼の厳しい言葉は胸に突き刺さる。

『あちらだって我が国を配下に下そうと、虎視眈々と狙っているに決まっておりまする』

(そうなのだろうか？　ジョスラン様が、そんなお気持ちで我が国と親交を深めようとしているのだろうか？　私はあの方に騙《だま》されているのだろうか？)

気持ちの優しいアレクサンドラは、男たちが好戦的でより上位に立とうと野望を抱くのが理解できない。もしかしたら、自分の見識は甘いのだろうか？

心に不安が渦巻く。

だが、明日にはジョスランが来訪する。

よくよく心せねば、と国王としての自分に言い聞かす。

その一方で、一刻も早く愛する人と再会したいと、ときめく気持ちは抑えられないでいた。

鹿狩り当日は、雲ひとつない秋晴れであった。

王城の馬場には、招待された貴族の男子たちが思い思いの狩服《かりふく》に身を包み、愛馬に跨って、今や遅しと狩の開始を待っている。

馬場の外では、日傘を差し着飾った淑女たちが、お目当の男子に向かって、さかんに声をかけたりハンカチを振ったりして合図している。

アレクサンドラは、動きやすい短い純白のチュニックを革ベルトで締め、ぴったりしたズボンに革ブーツを履く。革の胸当てに籠手《こて》を装着した。ゴーデリア国の国色である緋色に染めた矢筒を背負い、小さめの弓を肩にかける。もともと男子に比べたら非力なので、弓で鹿を狩ることは得意ではないし、生き物を射殺すのは可哀想《かわいそう》で好きではない。

だが、これも国王の役目だと自分に納得させている。

自分の身体に合った小型の栗色《くりいろ》の愛馬に跨って、馬場へ出た。

アレクサンドラが登場すると、ばらばらに待機していた人々が、いっせいに馬の首を揃《そろ》えてこちらに向けて整列する。

「やあ、アレク、お招き感謝する。狩日和ではないか」

大型の黒馬に跨ったジョスランが、足だけで馬を操ってアレクサンドラに近寄ってきた。

アレクサンドラは心臓がどきんと跳ね上がる。

ジョスランは、細かい刺繍《ししゅう》を施した濃い青色のローブを纏い、裾を絡《から》げて粋に腰のベルトに挟み込んでいる。ぴったりした革のズボンが長い足を形良く見せていた。胸当ても籠手も青く染め抜いてあり、矢羽も弓も青い。青はトラント国の国旗の色だ。

ジョスランの短めの黒髪が風になびき、まるで神話の中の風を操る青年神みたいに美しい。なんて颯爽としているのだろう。

アレクサンドラはうっとりと見惚れてしまう。

ジョスランが目の前に来るまでぼうっとしてしまい、彼の馬がぶるると大きく鼻を鳴らしたので、はっと我に返った。

「本日はようこそ参られた！　共に大物を狙いましょうぞ」

片手を差し出すと、ジョスランが笑って握手してきた。

「おお、競争ですな。負けませぬ」

アレクサンドラはドキドキしながらジョスランの手に、自分の手を預けていた。

握手を終えると、アレクサンドラは表情をきりりと引き締め、招待客たちに声を張り上げた。

「今日の佳《よ》き日。皆様のご活躍をお祈りします。すでに勢子たちによって、この先の森には、相当数の獲物が集まっておりましょう。ぜひ、大物を射止め、美女淑女たちの礼讃《らいさん》を我が物になさってください」

どっと人々が笑い、拍手した。

やがて、合図のラッパが鳴り響き、狩が開始された。

「アレク、君は小柄だから、弓を引くのも難儀ではないか？　私と組になって鹿を追わぬか？　獲物は君優先にするよ」

ジョスランが気さくに声をかけてくる。人によっては無礼すれすれの言葉であるが、ジョスランの態度は誠実そのもので、主催者のアレクサンドラに恥をかかせないように気遣っているのが感じられた。

アレクサンドラは素直にうなずく。

「頼みます。正直、狩は得意ではないのだ」

ジョスランが白い歯を見せて笑う。

「御意。私があなたに、一番大きい鹿を仕留めるように補助しよう」

二人は馬首を揃えて、走り出す。

猟犬たちがけたたましく吠《ほ》え、馬上の人々は思い思いの方向へ散っていく。

ジョスランは自分の馬の速度を落として、歩調を合わせてくれる。

アレクサンドラは内心、狩などどうでもよくて、ただジョスランと一緒に行動できるのが嬉しくて、胸が弾み幸せだった。

紅葉が美しい、王家所有の森の中に分け入る。

「勢子の音があちらから聞こえるな。だが、逆に老獪《ろうかい》な大物はそれをかわして、こちらの方へ逃げている可能性がある」

　ジョスランは馬を並足にさせ、つぶやいた。

　アレクサンドラは、ジョスランの狩の知識に感服する。

「ジョスラン、あなたはすごいな。なにをするのも、卓越している」

　アレクサンドラの言葉に、ジョスランは苦笑いした。

「いや――」

　彼はわずかに口ごもり、目の縁を赤らめると馬を側に寄せて、アレクサンドラの耳元でこそりとささやく。

「実は、あなたと二人きりで話したかったのだ」

「え？」

　ジョスランの息が耳朶を擽《くすぐ》るだけで、脈動が速まってしまう。

　何の話だと言うのだろう？

　二人は大きな樫《かし》の木の元で下馬した。

　馬を繋ぐと、ジョスランは木陰に腰を据える。アレクサンドラも傍に座った。

　ジョスランは腰に下げた竹筒の水筒を取り出すと、一口水を呑んだ。

　そして、うつむき加減で切り出した。

「アレク、君は誰か想いびとがいるか？」

「ええっ？　なんだって？」

思わず聞き返してしまう。

ジョスランは端整な横顔を見せたまま、つぶやいた。

「私はいるのだ。ずっと私の心を占めている、美しい乙女が――」

アレクサンドラは心臓が早鐘を打ち始める。

ジョスランの想いびとって、まさか――。

「そ、その方はどこのご令嬢かね？　君ほどの人の心を奪うとは、さぞや高貴な家の美女に違いないだろう？」

平静を装って尋ねる。

ジョスランは、少し哀しげな表情でこちらを見た。

「それが――どこの誰とも知れぬのだ。この国の乙女であろうと言うだけで」

アレクサンドラは全身の血が、かあっと熱くなるような気がした。

「こ、この国のご令嬢なのか？」

「ああ、昔まだ私が王太子時代に、この国の舞踏会で出会った。亜麻色の髪の、澄んだ青い目をした、それはそれはたおやかで美しい乙女で――私はひと目で心奪われた。君の妹御のアレクサンドラ王女にも、面影が似ていた気がする——君には心当たりが無いか？　貴族の令嬢で、十七、八歳くらいで亜麻色の髪に青い目。ほっそりとしていて、背丈はちょうど君くらいかな？」

アレクサンドラは、頭がクラクラして気が遠くなりそうだった。

（私だわ……！　ジョスラン様、それは私です！）

思わず心の声が出そうになり、ぐっと呑み込む。声を抑えて答えた。

「い、いや……私には、心当たりが、ない……」

「そうか——」

ジョスランは気落ちした表情になる。

アレクサンドラは必死で心を落ち着かせて、聞き質《ただ》す。

「……君はその、どこの誰ともわからない乙女に、ずっと恋している、と？」

ジョスランは深くうなずく。

「その通りだ。日毎に想いが募り、この頃では胸が苦しくて眠れない夜もある。アレク、君に私のこの恋心がわかるだろうか？」

「わかるとも！」

アレクサンドラは反射的に答えていた。

あまりに勢いよく答えたせいだろうか、ジョスランが目を丸くして、顔をこちらに振り向けた。それから彼は、穏やかに微笑んだ。

「そうか、君も恋するひとがいるのだな。君は、自分の気持ちを打ち明けているのか？」

アレクサンドラは首を振る。

「いや……私も、恋してはいけない人を想っているんだ」

ジョスランの表情が哀切に満ちる。

「そうだったのか――お互い、苦しいな。でも、君に話せてよかった。同じ立場で同じ思いを、腹を割って打ち明けられる友人は、君だけだ。聞いてくれて感謝する」

「いや……」

アレクサンドラは、せつなくて苦しくて胸が締め付けられる。

ジョスランがゆっくりと立ち上がった。

「さて、少し狩にせいを出すかな」

ジョスランが自分の馬に歩み寄る。

アレクサンドラは、その背中に声をかけた。

「ジョスラン、きっと、その亜麻色の髪の乙女も、君のことを憎からず想っているよ」

せいいっぱい、自分の想いを込めて言った。

肩越しに振り返ったジョスランは、にっこりする。

「ありがとう。君はほんとうに素晴らしい友人だ」

と、刹那、ジョスランの目の色が険《けわ》しくなる。

「アレク！」

ジョスランは驚くほどの俊敏さで、こちらに向かって走ってきた。

あ、と思った時にはアレクサンドラはジョスランに覆《おお》い被《かぶ》さられるようにして、地面に押し倒されていた。どさり、と二人は折り重なって倒れる。

「きゃっ」

思わず地声で悲鳴を上げてしまう。

その直後、ひゅん、と空気を切る音がした。そして、さっきまでアレクサンドラが立っていた木の幹にずぶりと太い矢が刺さったのだ。

「何奴《なにやつ》!?」

ジョスランが鋭い声を出し、腰の剣をすらりと抜き、跳ね起きた。

アレクサンドラは恐怖で全身が硬直し、身動きもできない。

ジョスランは素早く周囲を窺った。

がさがさと茂みの方で音がして、何者かの足音が遠ざかる。

「曲者《くせもの》か？」

ジョスランはしばらく周りを警戒していたが、やがて剣を収めた。彼は幹に深く刺さった矢をひと息で引き抜く。矢じりを目の前にかざし、彼は慎重に調べている。彼は固い声を出す。

「熊撃ち用の矢だ。人間にまともに刺さったら、ひとたまりもない」

熊？　今日は鹿狩りで、参加者は鹿撃ち用の矢しか持たないはずだ。

ジョスランは、倒れたままのアレクサンドラに手を差し出した。

「大丈夫か？　アレク、怪我《けが》はないか？」

アレクサンドラは素早くジョスランの顔色を伺った。先ほど思わず出てしまった鈴を振るような可愛らしい声には、ジョスランは気がつかなかったようだ。咳払《せきばら》いして、低い声を作る。

「け、怪我は、ない……」

心臓がばくばくしている。何者かがアレクサンドラの命を狙ったのか？

いや、もしかしたらジョスランを狙ったのかもしれない。

アレクサンドラは自分の足が小刻みに震えていることに、やっと気がつく。

「た、立てない……」

蚊の鳴くような声で言うと、

「恐ろしい目に遭ったからな、無理もない」

ジョスランがおもむろに腰をかがめ、ひょいとアレクサンドラの身体を抱き上げた。

「あ……っ」

ジョスランの腕に抱かれて、アレクサンドラはひどく動揺した。

「君は、思った以上に軽いな——こんな女性みたいに細い身体で、国王の政務を務めるのはどれほど大変だろう」

ジョスランがしみじみ言うので、アレクサンドラは頬に血が上った。

「は、離せ、もう大丈夫だっ」

ジョスランの腕の中でじたばたもがいた。しかし、長身で屈強な彼はびくともしない。

「強がるな、まだ震えているではないか。このまま、休憩所に戻ろう。曲者が現れたことを、急ぎ両国の臣下たちに伝えねば」

ジョスランはアレクサンドラを抱いたまま、自分の愛馬を口笛で呼んだ。側に来た愛馬に、彼はそのままひらりと飛び乗る。

「お、下ろせ……こんなみっともない姿を、臣下に見せられぬ」

アレクサンドラがもがくと、ジョスランが厳しい声を出した。

「どこか打っているかもしれない。すぐ医師にかかったほうがいい。どちらかの命を狙われたのだぞ、恥ずかしがっている場合ではないだろう」

言われる通りだ。アレクサンドラは声を失う。

馬を走らせながら、ジョスランはしみじみ言う。

「君が無事でよかった」

アレクサンドラは、誠実なジョスランの言葉に涙が出そうになる。こんな素敵な男性に愛されたら、どんなに幸せだろう、とつくづく思う。

それからアレクサンドラは、恐怖で混乱していて、ジョスランに礼も言っていないことにやっと思い至った。

「ありがとう、ジョスラン。君のおかげで、命を救われた」

ジョスランが微笑む。

「いや、私も大事な友人を失わずにすんで、ほんとうによかったよ」

アレクサンドラの胸の中に、その言葉が何度もこだました。

(大事な友人……)

嬉しくて悲しい。

馬に揺られながら、アレクサンドラはそっとジョスランの胸に顔を押し付けた。

休憩所に辿り着き、暗殺者が現れた話に、両国の臣下や侍従たちは色を変えた。

この鹿狩り大会の森に入れるのは、招待客と関係者だけで、事前の警備は厳しく万全だったはずだからだ。

鹿狩り大会は、急遽《きゆうきよ》中止となった。すぐさま、大勢の追っ手が狩場を捜索した。

しかし、怪しい者は見つからなかったのである。


「なんということでしょう。この平和なゴーデリア国で暗殺事件などと――」

その晩。

自室でアレクサンドラは、コリンヌに全身を湯で絞った布で丁寧に拭いてもらっていた。

「おかわいそうな姫君。こんなにもいたいけな身体で、お国を背負って――あまつさえ、お命まで狙われるなんて」

コリンヌは憤懣《ふんまん》遣《や》る方無いようだ。

アレクサンドラは、昼間の事件で身も心もぐったりしていたが、年取ったコリンヌを慰めようと、笑顔を作る。

「まだ、私が狙われたのかはわかっていないわ。ジョスラン様も、危ない目に遭われたのだから……」

あくまでアレクサンドラの味方のコリンヌは、眉を顰めて言う。

「もしかしたら、トラント国の手の者かもしれませんよ。姫君はあちらの国王と親しくなさっておられますが、少し警戒された方が――」

「コリンヌ！　ジョスラン様は、身を挺して私を守ってくださったのよ。めったなことを言うものではありません！」

アレクサンドラが厳しい声を出したので、コリンヌも恐縮して口を閉じた。

夜半過ぎ、ベッドに横たわったものの、アレクサンドラは気が立ってなかなか寝付けなかった。

ジョスランの恋の話、謎の暗殺者の出現、自分を庇って助けてくれたジョスランの男らしい態度、そして、国王である自分との友情をとても大切に思ってくれているという言葉――。

頭に浮かぶのはジョスランの面影、そして彼の息遣いや肉体の感触がありありと記憶に蘇る。

『日毎に想いが募り、この頃では胸が苦しくて眠れない夜もある』

狩場でそう言ったジョスランの思いつめたような表情が忘れられない。

会いたい。女性として、会いたい。

やるせない気持ちがどんどん膨れ上がり、息をするのも苦しい。

アレクサンドラは、そっとベッドから出ると、クローゼットの奥に仕舞《しま》い込《こ》んである女物の服の中から、薄い水色の寝間着を出して身に付けた。

亜麻色の髪の鬘を被り、仮面を装着する。

昼間の暗殺未遂の一件で、賓客たちの部屋の警護は厳重だ。

アレクサンドラは、国王専用の隠し通路を使うことにした。

国賓であるジョスランの客室は、階下にある。

狭く暗い通路を手探りで進んでいく。

もはや心の中は、ジョスランに会いたい想いだけでいっぱいだ。

頭の中で、客室の数を数え、ジョスランの泊まっている部屋への秘密の扉をそっと開けた。

寝室の暖炉の横の棚が隠し扉になっていて、顔だけを覗《のぞ》かせて中を窺う。

寝室の中は燭台《しょくだい》が一つだけ灯《とも》っていて、ぼんやりと明るい。

ゆったりとした白い寝間着姿のジョスランが、ベッドに腰を下ろしていた。じっと膝のあたりを見つめ、なにか考え事をしているようだ。

ほんとうは、寝顔をひと目だけでも見られれば、と思っていた。だが、彼はまだ起きていたのだ。長い睫毛が鋭角的なその端整な横顔を見ると、もはや、はやる気持ちを抑えきれない。

足音を忍ばせて、そっと寝室に踏み込んだ。

「……陛下」

そっと声をかけると、ジョスランがはっと振り向いた。

「君は――!?」

彼の黒曜石色の瞳がみるみる輝く。

「亜麻色の髪の乙女⁉　どこから⁉」

ジョスランはさっと立ち上がり、アレクサンドラの両手を取った。

「温かい――夢ではないのだな？」

彼の声が弾んでいる。

「夢かもしれません――陛下が、私のことを想ってくださると感じて、参りました」

アレクサンドラは気持ちを込めた表情で、ジョスランを見上げる。

ジョスランはしっかりアレクサンドラの手を握ったまま、昂《たか》ぶる気持ちを抑えてるようだ。

「君は、王城で働いているのか？　ほんとうに、君はいったい誰なのだ――」

アレクサンドラは首を横に振る。

「どうか、聞かないで。陛下にお会いしたい、その想いだけで来たのです。夢でいいんです。夢にしてください」

「亜麻色の髪の乙女――」

ジョスランがぎゅうっと抱きしめてきた。

硬く引き締まったジョスランの胸の感触に、身体の血が一気に熱くなる。

薄物の寝間着越しに、ジョスランの忙しない鼓動が感じられ、アレクサンドラの脈動も同じように速まっていく。

「夢では足りぬ、だが、君に会いたかった。君をこうして抱きしめたかった」

耳元でジョスランが息を殺した色っぽい声でささやく。

「だから、夢でもいい」

彼の唇が髪や耳朶にキスの雨を降らせてくる。

「ああ……陛下……」

顔を仰向《あおむ》けると、二人の唇が重なった。

「ん……んん」

ジョスランの舌が口唇を割って滑り込んでくるのを待ち受け、自らも舌を絡ませた。

「……は、ん、ふ、んんんぅ」

深く互いの口中を味わう。

ジョスランの舌の情熱的な動きに、夢中で応えていたが、舌の付け根を甘く噛《か》まれ、口蓋の感じやすい箇所をくちゅくちゅ舐めまわされると、頭が酩酊して全身から力が抜けていく。

ジョスランは深いキスを続けながら、アレクサンドラの身体を抱いてゆっくりとベッドに近づいていく。

そのまま体重をかけて、折り重なるようにベッドに倒れる。ふかりと柔らかな羽布団が、二人の身体を受け止めた。

「んんっ」

男の熱い身体の重さが心地よい。

ちゅっと唾液の糸を引いて、ジョスランの唇が離れる。彼がじいっと見下ろしてきた。

薄暗がりの中で、ジョスランの黒い瞳は濡れて光っていた。ぞくぞくするほど妖艶だ。

「亜麻色の髪の乙女――君が好きだ。愛している」

彼はひと言ひと言、響きを味わうみたいに声にする。

甘い言葉に溺れてしまう。アレクサンドラは幸せがじんわり身体中に拡がるのを感じる。

「私も……陛下を愛しております。心から……」

ジョスランがかすかに首を振った。

「名前を呼んでくれ。ジョスラン、と」

アレクサンドラは心を込めて名前を呼ぶ。

「ジョスラン様」

ジョスランが長い睫毛を伏せる。

「もう一度」

「ジョスラン様」

目を開けたジョスランは、酩酊したような表情だ。

「君が呼ぶと、私の名前はなんて心地よく響くのだろう。こんなにも自分の名前が好きになれたことは、今まで一度もなかった」

ジョスランは上半身を起こし、アレクサンドラの寝間着の前紐をしゅるしゅると解いていく。その衣擦れの音にも、気持ちが昂ぶって心臓がコトコトいう。

はらりと寝間着が左右に開き、まろやかな乳房から括《くび》れたウエスト、金色の恥毛に包まれた下腹部まで露《あら》わになった。

外気に晒されると、乳首がきゅっと硬く凝るのがわかった。

「美しい——神の造りたもうた最高の芸術品のようだ」

ジョスランは声を震わせ、アレクサンドラの片手を取ると、ちゅっと手の甲にキスする。そのまま、ちゅっちゅっと唇が肩まで上がってくる。彼は上体を倒し、アレクサンドラの首筋に顔を埋め、ねっとりと舌を這わせる。

耳朶の後ろから首筋、肩甲骨と舐め下ろされると、

「ん……あ」

ぞくっと甘い痺れが背中に走る。

「シルクのように滑らかな肌だ、それに、なんて甘いんだ」

ジョスランはアレクサンドラのたわわな乳房を両手で包み込み、寄せ上げるようにして、赤く色づいた頂を口に含んだ。

「は、あぁっ」

鋭敏になった乳首を強く吸われると、鋭い快感が下腹部の奥に走り、媚肉がひくついて官能の疼きが溜まっていく。

「ん、んん、んんぅ……」

ジョスランは熱く濡れた舌先で、凝った乳首を舐めまわしたり吸い上げたりを繰り返す。焦れた疼きが媚肉をひくつかせ、太腿の狭間にとろりと蜜が溢れてくるのを感じた。

「あ、あぁ、あ、も……やぁ……」

身体が火照り、腰が求めるみたいにうねってしまう。

「ああ、なんて可愛いらしい声を出すんだ、腰に来る。堪《たま》らないよ」

ジョスランは乳房の間から顔を上げると、せつない表情で見上げてくる。

両手で乳房を揉みしだきながら、ジョスランはアレクサンドラの身体のラインに沿ってキスを繰り返し、じわじわと舐め下ろしてきた。

「あ、あぁ、あ……」

ジョスランが触れた箇所は、すべて火傷《やけど》でもしたみたいにかっかと熱くなる。

ジョスランはすべすべしたアレクサンドラの下腹の中央に佇《たたず》む、形のいい臍《へそ》をぬるりと舐めた。

「ひあっ？　あっ？」

瞬間、媚肉がびくびく慄《おのの》き、腰が蕩けるかと思うほど強く感じてしまう。

ジョスランが楽しげな声を出す。

「この小さな窪《くぼ》みが、君の性感帯なんだね？　ふふっ、こうするとどう？」

彼は舌先を尖らせ、臍の周囲を丁寧に舐め回し、時折深く差し込んで突いたりした。

「やぁっ、ああ、あっ、あ、あ」

痺れるような甘い疼きに、アレクサンドラはびくんびくんと腰を跳ね上げる。

ジョスランは舌を使いながら、痛いくらいに鋭敏になった乳首も指先ですり潰すみたいに揉み込んでくる。

「だめぇ、そんな……もう、しないで、いやぁ、あ、あぁあ」

耐えきれない官能の刺激に、アレクサンドラは目尻からぽろぽろ涙を零してすすり泣く。どうしようもなく感じ入って、それをやり過ごそうとしなやかな身体がシーツの上でくねくねとうごめいた。

こんななんでもない小さな器官が、ジョスランに触れられると信じられないくらい敏感な性感帯に変わってしまう。自分で自分の身体の反応が、信じられない。

「お……願い、です……もう、そこは、許して……お願い……もう、つらい……の」

息も絶え絶えになって懇願する。

「君がこんなにも乱れるなんて、私だけが見つけた秘密の窪みだね。ここだけで達《い》かせてあげようか？」

ジョスランの余裕ある態度が、小憎らしいほどだ。

「や、やめ……お願い……」

ふるふると首を振ったのに、ジョスランは再びを臍をいやらしく舐め回してきた。

「っ……ひ、あ、や、だめ、も……あぁ、しないで、だめ、だめぇえ」

耐えきれない甘い疼きは、とうとう限界を超えてしまう。

「あっ、あ、あああっ」

腰が大きく跳ね、アレクサンドラは一瞬頭が真っ白になった。

臍への愛撫だけで達してしまったのだ。

そして、蜜口の奥が痛みを感じるくらいひくひく痙攣し、そこから愛液が恥ずかしいほど大量に吹き零れた。

「……は、ぅ、はあ、あぁ……」

全身から力が抜ける。

けれど、あんなにも感じすぎて乱れたのに、まだ何かが足りない。下腹部の奥がうずうずしている。

「素敵な反応だった、乙女よ」

ジョスランが顔を上げ、汗ばんだアレクサンドラの肌を撫で回す。熱い掌《てのひら》の感触にすら、悩ましく感じてしまう。

「や……ひどい、ジョスラン様……こんなに、して……」

恨みがましくジョスランを睨《にら》むが、彼は平然と笑う。

「そんな色っぽい目で怒って見せても、誘っているとしか思えないな」

「そ、そんな……」

ジョスランの両手が、アレクサンドラの両膝を割り開いた。

「あっ……」

花弁が割れて、中に滞っていた淫蜜がとろりと溢れてしまう。

「いやあっ、見ないで」

恥ずかしさに、思わずぎゅっと目を瞑ってしまう。

股間にジョスランの視線を痛いほど感じ、羞恥で気が遠くなる。なのに、蜜口はさらに刺激を受けたみたいに、ひくひく開閉を繰り返す。

「綺麗だ——君の秘密の花園。花弁がほころび赤く濡れ光って、ぷんぷん甘い蜜の香りを放っている」

ジョスランが感に堪えないような声を出す。

「そんなこと、言わないで……恥ずかしい……」

声を震わせると、男の長い指先がぬるりと秘裂をなぞった。

「あっ⁉」

心地よい感触に、腰がびくりと浮く。

「君はかつてここに私を受け入れてくれた。あれ以来——？」

ジョスランが言葉を濁す。

アレクサンドラは彼の気持ちを感じ取り、瞼をそっと開けて潤んだ瞳で見つめた。

「もちろんです。私は未来永劫《みらいえいごう》、ジョスラン様のものと決めています。あなた様以外に、誰にも指一本、触れさせはしません」

きっぱりと言うと、ジョスランの顔がほころぶ。大輪の花が開いたような華麗な笑顔だ。

「ありがとう、嬉しいよ、私の乙女——では、感謝の気持ちを込めて」

ふいにジョスランの頭が内腿の間に押し込まれた。

「っ？」

彼の熱い息遣いが花弁にかかった、と感じた次の瞬間。

なにか濡れた柔らかなものが、ぬるりと花弁を撫でたのだ。そのまま秘裂の中央を抉《こ》じ開《あ》けるみたいに、ぬるぬると上下に撫で回す。

「ひっ？　あ？」

それがジョスランの舌だと気がつくのに、数秒かかった。

「あっ、や、だめ、そんなこと……汚い、です」

思わず腰を引こうとしたが、ジョスランの両腕がすかさず両足を抱え込み、引き寄せてしまう。

「君の身体で、汚いところなど、どこにもないよ」

彼は低く色っぽい声でささやくと、そのままじゅるりと愛蜜を啜《すす》り上げ、滑らかな動きで舌をうごめかせて蜜口の浅瀬を掻き回してきた。ジョスランは唇と舌を巧みに使い、秘裂を愛撫しては蜜を味わう。

「んんっ、は、だめ……ぁあ、だめ、なのに……ぃ」

信じれないほど心地よい刺激に、アレクサンドラは抵抗も忘れ、背中を仰け反らせて甘い鼻声を漏らしてしまう。

「や、あ、あぁ、あ、あぁっ」

こんな淫らなキスがあるなんて知らなかった。

目を閉じてジョスランの舌の動きに神経を集中させ、与えられる媚悦に酔いしれる。

しばらくすると、ジョスランの舌が何かを探るみたいに、ほころんだ花弁の合わせ目を突いてくる。はっとして、本能的な怯《おび》えに目を開けようとした。

そこはだめ。以前、指で触れられただけでもおかしくなりそうなほど乱れてしまった箇所だ。身をよじって避けようとした。

その刹那、ジョスランはそこに佇む小さな突起を、ちゅっと口唇に深く咥《くわ》え込んだのだ。

ばちっと、瞼の裏に鋭い悦楽の火花が散った。

「ひっ――――っ」

アレクサンドラは声にならない悲鳴を上げた。

目を見開き背中を大きく反らせ、びくびくと腰を戦《わなな》かせた。

一瞬で絶頂に飛んでしまったのだ。

ジョスランはそのまま、吸い込んだ肉芽を舌先で小刻みに震わせて刺激してきた。

強すぎる快感に、意識が引き戻された。

「あぁ？　や、め、あ、だめ、そんなにしちゃ……、あ、あぁあ、あぁっ」

繰り返し恐ろしいほどの愉悦が爆《は》ぜて、アレクサンドラは声を抑えることもできず、ただただ嬌声を上げ続けた。

指で触れられた時より、何倍も強く感じてしまう。

しかも、その喜悦には終わりがなかった。

ジョスランが秘玉を吸い上げては転がすたび、アレクサンドラは瞬時で極めてしまい、もはや羞恥も忘れて官能の渦に巻き込まれた。

「あ、あぁ、あ、くる……また、なにかが、くる……あ、だめ、だめぇ、あああっ」

理性が吹き飛び、劣情を剥き出しにされたアレクサンドラは、身体をのたうたせてジョスランの思うままに翻弄されてしまう。

ジョスランは舌をひらめかせながら、アレクサンドラの素直な反応を上目遣いに見上げてくる。わずかに唇を離した彼は、くぐもった声で言う。

「好きなだけ、達《い》くといい。そう、もうダメになりそうな時には、達くと、そう言うんだよ」

「達く……？　そ、そう言えば、許してくれる、の？」

アレクサンドラの初心な質問に答えず、ジョスランは再び秘玉を咥え込む。

「あ、やめ、て、もう、おかしく……許して、変に……変になって、あ、あぁあっ」

膨れ上がって官能の塊になったような陰核を吸われるたびに、腰がびくんびくんと大きく跳ね、もうやめてほしいのに、隘路の奥はますます飢えてなにかで満たしてほしくてたまらなくなる。

「や、やぁ、また、あ、も、達く……あ、だめ、達くぅ……っ」

ひゅっと深く息を吸い込み、アレクサンドラは激しい絶頂の大波に呑み込まれる。

両足が大き開き、媚肉の狭間から恥ずかしいほど蜜が溢《あふ》れ出てシーツを濡らした。

「……はぁっ、は、はぁあ……あぁ……」

アレクサンドラは忙しない呼吸を繰り返しながら、絶頂の余韻に酔う。

満ち足りた快感が気だるく全身を覆っている。

アレクサンドラがおもむろに身体を起こした。

覗き込む彼の口元が淫らに愛蜜で濡れ光っていて、震えがくるほど淫靡《いんび》で悪魔的な魅力すら感じた。

「こんなに君が乱れるなんて——とても興奮する。もっともっと、私の知らない君を知りたい」

ジョスランの声は荒い呼吸で乱れている。

彼のたくましい腕が、ぐったりしたアレクサンドラの腰を抱え上げ、そのままくるりと裏返しにする。

「……あ?」

腹ばいにされ、腰だけ引き寄せられ高々と突き出す格好にされた。

とてつもなく卑猥な体位を取らされているのだが、まだぼうっとしていたアレクサンドラはなすがままだった。

と、ジョスランの長い指が背骨に沿って撫で下ろしてきた。

「白い肌に、青い打ち身の痕がある——」

「あ」

昼間、曲者に襲われジョスランにとっさに押し倒された時に、背中を打ったのだ。アレクサンドラは、一瞬冷や汗が出そうになった。

「そ、それは、転んでしまって……」

「痛々しいな——早く回復するように」

ジョスランがその部分にそっと唇を押し付けた。

それだけでぞくぞく背中が震えた。

「あっ……だめ、感じちゃう……」

ジョスランがため息と共にささやく。

「——もっともっと、君を感じさせたい、壊して、乱したい、亜麻色の髪の乙女よ」

背後で微《かす》かな衣擢れの音がした。

その時やっと、アレクサンドラは自分がどんなに恥ずかしい格好をしているかに気がつく。

ぷりんとした真っ白い尻を突き出した獣のような姿勢。濡れそぼった花弁はぱっくり開いているだろう。その上に慎ましく佇む後孔も、ジョスランからは丸見えに違いない。

「あ」

前に逃げようと思った瞬間、ぬくりと媚肉の狭間に熱く硬い男の欲望の先端が押し付けられた。そして、そのまま一気にずぶりと挿入されたのだ。

硬く太い剛直が、ずん、と最奥まで突き入れられる。

「ああ、ああああ——っ」

深い衝撃と、疼き上がった膣壁を満たされた悦びに、アレクサンドラは甲高い嬌声を上げてしまう。

あまりにめいっぱい満たされて、息をするのも苦しい。

だが、破瓜の時のような軋《きし》む痛みは無く、ジョスランの怒張をやすやすと受け入れてしまった。むしろ、アレクサンドラの柔襞は歓喜してうずうずと男の欲望を締め付けてしまうほどだ。

「全部挿入《はい》ってしまったね」

根元まで深々と男根を突き立てたまま、ジョスランが深いため息を吐いた。

彼はアレクサンドラの細腰を抱えると、そのままがつがつと激しい抽挿を始めた。

「ひ、あ、あ、あ、深い……あ、あぁっ」

目も眩むような快感が、次々と子宮口のあたりで弾けた。

それは、秘玉の刺激から生まれる部分的な鋭い快感ともまた違い、肉槍からもたらされる喜悦は、指先から爪先までどこもかしこも満たしていくようだ。

特に、背後から挿入されると、傘の張った先端が、膣壁の上辺の深く感じてどうしようもなくなってしまう箇所をごりごり抉《えぐ》ってくるようで、否応無く熱い媚悦に翻弄されてしまう。

「だめ、すごい……あ、あぁ、壊れて……あぁ、だめに、あぁ、はあぁっ」

あられもなく嬌声を上げてしまう。

ジョスランは、いったん動きを止めると、アレクサンドラの腰を引き起こし、両手を付いた四《よ》つん這《ば》いの格好にさせた。

「あ、や、こんな格好……」

「いやではないだろう？　これは、どうかな？」

ジョスランはアレクサンドラのうなじに軽く歯を立て、深々と挿入したまま腰をぐるりと押し回すように動いてきた。

奥を突き上げられるのとまた違って、熟れた肉腔全体を掻き回すような動きに、妄《みだ》りがましい興奮が否《いや》が応《おう》でも煽られてしまう。

「ひあ、あ、やめて、そんなの、あ、あ、あぁ、すご……ああ、すごい……っ」

どうしようもない悦楽に次々襲われ、アレクサンドラはただただジョスランに揺さぶられるままに嬌声を上げ続けた。

もはや、自分が国王のふりをしている苦悩も、身分を隠してジョスランと逢瀬《おうせ》を重ねている罪悪感も、すべてが凄まじいまでに与えられる官能の悦びの前に霧散していく。

「……ぁ、あ、あ、ジョスラン様、すごいの、奥、が、当たる、当たって……」

「感じるのか？　乙女よ、気持悦《い》いのか？　悦いと、言ってごらん」

ジョスランは激烈な抽挿を繰り返しながら、アレクサンドラの耳元でいやらしくささやく。

アレクサンドラは、いやいやと首を振るが、すでに数え切れないほど達してしまっていて、息も絶え絶えだった。

がくりと首を落とし、ただ媚悦を貪る。

「や……ぁ、あぁ、悦い……気持ち、い、い……っ」

「悦いか、そうか、私も、ものすごく、悦い、君の中、こんなにも私を締め付けて――」

ジョスランは何かに耐えるようなくるおしげな声を出す。

アレクサンドラの反応を窺うように、しばらく腰を押し回すような動きを続け、再びゆった

りとした前後の抽挿に戻る。

膨れた亀頭が、臍の裏側のどこかをぐぐっと抉った瞬間、激しい尿意にも似た感覚に襲われ、アレクサンドラは目を見開き甲高い嬌声を上げた。

「ひぅっ⁉　や……だめ、そこ、やぁ、漏れて……いやぁあっ」

必死でこらえると、ぎゅうっと膣襞が収縮して、ジョスランの欲望をきりきり締め付ける。

「く――喰い千切られそうだ。そうか、ここが悦いのだな、こうか？」

ジョスランは腰の角度を変え、そこばかりをぐいぐいと押し上げてきた。

「ひゃぅっ、あ、だめ、しないで、しないでぇ、あ、あ、あ、何かが……や、あぁあ」

漏らすまいと強くイキむと凄まじい快感が生まれて、目の前がチカチカする。

「いいんだ漏らしていい。亜麻色の髪の乙女、すべてを受け入れて欲望に素直になるんだ」

ジョスランは次第に腰の動きを速め、どんどんアレクサンドラを追い詰めていく。

「やぁあ、変に……あ、あぁ、だめ、あぁ、だめぇ、もう、出ちゃう、出ちゃうっ……っ」

耐えれば耐えるほど、灼けつくような愉悦で脳まで蕩けてしまい、もう何も考えられない。

幾度も絶頂に昇り詰め、絶え間なくそれが続く。

ついに限界を超えてしまい、煌めく絶頂にすべての思考が奪われ、身体がふわりと浮くような錯覚に陥る。全身が強く強張り、息が詰まる。

「あ――っ、あ、ああぁあああっ」

太い肉茎で埋め尽くされているのに、結合部からびゅしゅっと熱くさらさらした大量の潮が吹き零れた。互いの太腿から、シルクのシーツの上までびしょびしょに濡れてしまう。

だが、アレクサンドラにはそれを恥ずかしがる余裕もなかった。

「はっ、はぁ、は……はぁあ……っ」

四肢がびくびく痙攣し、次の瞬間、ぐったりと身体がシーツの上に倒れ込んだ。

アレクサンドラが前にのめり込むのに合わせて、ジョスランは腰を引いた。

「っ――」

背後でジョスランが低く呻き、アレクサンドラの尻のあたりに大量の欲望が吐き出された。

その生温かい感触を、アレクサンドラはぼんやりと意識した、

「……ぁ、あ……はぁ……は……ぁ」

精根尽き果て、身体に力が入らない。

なにもかも奪われ、すべてを与えられた多幸感に酔いしれる。

ジョスランが息を乱しながら、自分の白濁の残滓を寝間着の裾で拭き取る。

「――ひどい有様にしてしまったな、乙女よ」

ジョスランの熱を持った指が、汗ばんだアレクサンドラの背中を辿り、うなじのあたりをあ

やすようにそっと揉みほぐす。その指の優しい動きに、じんわりと意識が回復してくる。

「……いいえ……素晴らしかった、です……」

ぎこちなく上体を起こし、ジョスランを振り返ると、彼も気持ちのこもった眼差しで見返してくる。

「私も——愛する人と身体を重ねることが、こんなにも素晴らしいと、初めて知ったよ」

二人はどちらからともなく顔を寄せ、いたわり合うような柔らかなキスを繰り返した。

「ん……ふ……」

まだ身体の芯に悦楽の余韻が残っているのを味わいながら、行為の後の優しいキスを交わしていると、ジョスランに愛されていると喜びがひしひしと感じられる。

「ああ……ジョスラン様、愛しています」

気持ちが自然と唇から零れる。

「私も愛している。愛しい、愛しい、乙女」

愛の言葉をささやき交わし、キスを繰り返しているうちに、次第にそれは深いものに変わっていく。舌が絡み合い、官能的な悦びが下腹部に迫《せ》り上がってくる。

「んぁ、あ、ぁあん」

互いの想いを伝え合うように舌を強く吸い、擦り合わせていると、ジョスランの腕が腰を引き寄せ、ぎゅっと抱きしめてきた。

「……ぁ、は……ぁ」

彼の下腹部は、すでに熱く滾って勢いを取り戻している。

「乙女よ――もう一度、君を愛したい」

キスの合間に、甘い吐息まじりにささやかれると、もうこれ以上は無理だと思っていたアレクサンドラの情欲にも火が点《つ》いてしまう。

「ああ……ジョスラン様、愛してください……たくさん、たくさん、愛して……」

せつない声で訴えると、ジョスランがふわりと抱き上げ、壊れ物のようにそっとシーツの上に仰向けにさせた。

「愛している」

ジョスランが真摯な表情で見下ろしてきて、ゆっくりと覆い被さってくる。

熱く汗ばんだ筋肉質の身体の感触に、アレクサンドラの脈動がことこと早鐘を打ち始める。

アレクサンドラは、ジョスランの背中に手を回し、引き締まった筋肉を手のひらで優しく撫で回した。

「愛しています」

心を込めてつぶやくと、ジョスランの長い足が自分の両足をそっと割り開いた。

とろとろになっている蜜口に、灼熱《しゃくねつ》の欲望があてがわれる。

「あっ……」

ぬるりと侵入してくる剛直の硬い感触と、飢えた媚肉が満たされる圧迫感に、アレクサンドラは甘い鼻声を漏らした。

若い二人は互いの身体を飽きることなく求め合い、愛し合い、秘密の夜はどこまでも甘く更けていった――。

翌早朝。

アレクサンドラは先に目を覚まし、まだかたわらでこんこんと眠っているジョスランを起こさぬようにして、寝室を抜け出た。

周囲に気を配りながら、隠し扉から貴賓室を出て、自分の部屋に戻る。

亜麻色の鬘と仮面、女物の寝間着を脱いで、クローゼット奥に隠す。

自分のベッドの上にのろのろと腰を下ろし、やるせないため息を何度もついた。

後ろ髪を引かれる思いだ。

ほんとうは、いつまでもジョスランの体温を感じて一緒に眠っていたい。

共に目覚めて、まどろみが抜けきらない眼差しで見つめ合い、朝の挨拶をしたい。

お早うのキスをして、たわいもない睦言《むつごと》を交わしたい。

でも、そんなほんとうの恋人同士のようなやりとりは、夢のまた夢だ。

泡沫《うたかた》のような恋。

きっと、ジョスランも目覚めて、アレクサンドラの姿がないことに気がつけば、なにもかも夢の中の出来事だったと思うことだろう。

熱く抱かれ悦びが深ければ深いほど、叶わぬ恋の辛さを思い知る。

「苦しい……寂しい……ジョスラン様……」

アレクサンドラはぎゅっと自分の両腕をかき抱く。


その日の午後、ジョスランは伴の者たちと帰国することになった。

元来なら、ゴーデリア王家主催の鹿狩り大会は三日に渡って催されるのだが、今回は暗殺未遂事件のせいで、招待客たちは早々に引き上げることになったのだ。

アレクサンドラは執務が立て込んでいて、ジョスランの見送りに出られなかった。

次にいつ会えるかわからないのに、別れの言葉も告げられず、アレクサンドラは意気消沈してしまった。

国王専用の執務室で、ベルーナ公爵が差し出す書類に目を通し、次々に国王のサインをしていた時だ。

ふいに扉がノックされ、警護兵が内側で待機していた小姓になにごとか小声で伝えた。小姓が答えを渋っているようだ。

アレクサンドラはそれに気がつき、扉の方に声をかけた。

「どうしたのだ？」

小姓が慌てた風にこちらへやってきて、耳打ちした。

「トラント国王が、ひと言ご挨拶がしたいと、おいでですが」

アレクサンドラはぱっと顔を上げた。

側で耳をそばだてていたベルーナ公爵が、厳しい声を出す。

「陛下はただいま執務中である。いかに他国の王であろうと、こちらの都合も考えない行動は、軽率ではないか？　かまわん、陛下は手が離せないと伝えろ」

アレクサンドラが口を挟もうとすると、ベルーナ公爵がすかさず言い募る。

「陛下、この度の暗殺未遂事件は、トラント国の謀《たばか》りごとかもしれません。今後、安易に相手と接触なさるのは、お控えください」

「――ベルーナ公爵」

アレクサンドラは何も言い返せない。まさか、昨夜ずっとジョスランと愛を交わしていたとも、言えるわけもない。

ベルーナ公爵は、小姓に行けというように、顎で合図した。小姓が小走りで、扉の方へ戻っていき、警護兵に伝えた。

扉が静かに閉まった。

遠くで、足音が遠ざかる気配がする。

アレクサンドラはうつむいて、唇を噛《か》み締《し》めた。

ベルーナ公爵は、新たな書類を差し出す。

「陛下、続きを」

アレクサンドラは気を取り直して羽ペンを構えると、書類にサインしようとした。

ペン先がぶるぶる震える。

「陛下？」

ベルーナ公爵が怪訝《けげん》そうな顔になる。

アレクサンドラはぱたりと羽ペンを置き、声を振り絞る。

「ベルーナ公爵――ジョスラン様は――ジョスランは、私のたった一人の友人だ」

消え入りそうだが強い意志の感じられる声に、ベルーナ公爵は気を呑まれたように口を噤《つぐ》む。

アレクサンドラはがたんと椅子を蹴立てて立ち上がる。

そのまま真《ま》っ直《す》ぐ扉に向かった。

扉を守る小姓に怒鳴りつける。

「扉を開けよ！」

小姓が弾かれたようにぱっと扉を開いた。

「陛下、お待ちを！」

ベルーナ公爵の声が追いかけてきたが、アレクサンドラは構わずに廊下に飛び出した。

東方の高価な絨毯を敷き詰めた長い廊下の向こうに、今しも角を曲がろうとしているジョスラン一行の姿が見えた。

アレクサンドラは夢中になって走り出す。

「ジョスラン！」

アレクサンドラの声に、曲がり角に消えそうになったジョスランが、はっと振り返る。

「ジョスラン！　待ってくれ！」

ジョスランは部下たちに手で合図して、その場に立ち止まった。

アレクサンドラは息急き切って、追いついた。

「アレク！」

ジョスランが両手を差し出す。

アレクサンドラは、その手をぐっと握った。

「ジョスラン、道中気をつけて帰国してくれたまえ。今回は、君を存分にもてなすことができず、本当にすまない。心残りだ」

ジョスランは目を細めてうなずく。

「気にしないでくれ、アレク。多忙だろうに、こうして見送りに出てくれた君の誠意、私は嬉しく思う。君との友情は永遠だ」

アレクサンドラは目に涙が浮かぶ。

「私こそ、永遠に、君との友情を誓う」

二人の若者はまっすぐ見つめ合った。

アレクサンドラの頬に、こらえきれない涙が一筋流れ落ちる。

ジョスランが手を伸ばし、そっとその涙を拭った。

「ふふ、君はまだ子どもみたいだね。泣くことはない。隣国同士なのだ。次回は是非、私の国に君を招待したい。いつか、来てくれるね？」

アレクサンドラは、もう少しでジョスランの胸にしがみついて泣きじゃくるところだった。

だが、すんでで耐え、こくんとうなずく。

「無論だ。必ず、君の国を訪ねるよ」

ジョスランもうなずいた。

「約束だ」

二人はゆっくりと手を離す。

ジョスランは部下たちに目配せし、隊列を整えさせた。

「ではまた。手紙を書くよ」

ジョスランは軽く手を挙げ、くるりと踵を返す。

その背中を見送りながら、アレクサンドラは気持ちを込めて、声を張り上げる。

「私も、手紙を書く。毎日でも、書く」

肩越しに振り返ったジョスランが、ははは と爽やかに笑う。

「大げさだな、恋人同士でもあるまいに」

アレクサンドラは引き攣った笑みを返す。

「そ、そうだったな、冗談だよ。さらばだ」

ジョスランはそのまま立ち去った。

アレクサンドラはいつまでもその場に立ち尽くしていた。

（また、会えるわね、きっと……愛しています、ジョスラン様）

その様子を、ベルーナ公爵は困惑した様子でじっと見守っていた。

第三章　砂漠の別れ

翌年明けに、大陸の主要五カ国の国王皇帝など首脳を集めた、大陸統一会議が開かれる運びとなった。

トラント国国王ジョスランが呼びかけ、会議の音頭を取った。

彼は、大陸の今後の発展のために主要国が協力し市場を統一するべきだという意見を各国に送り、それぞれの国の賛同を得たのだ。

会議の場所は、領土権の凍結されている大陸の中央に位置するナノ砂漠に決まった。

ジョスランは砂漠のオアシスの近くに、即席の会議場を設置させた。

トラント王国と並ぶ大国であるゴーデリア王国も、もちろん参加することになっていた。

アレクサンドラの元には、あらかじめジョスランからの会議についての詳細な説明と、協力を仰ぐ丁重な手紙が届いていた。

「今こそ、この大陸全体の幸せと発展を願って、若き私たちが力を合わせて、邁進《まいしん》していきましょう」

アレクサンドラは、繰り返しジョスランからの手紙を読み直し、文面から伝わる彼の熱い思いを感じ取った。

(微弱ながらも、私ができることをせいいっぱいしよう)

初めて国際的な会議に出る不安はあったが、強く心に決めていた。

会議前日、アレクサンドラは数名の信頼できる臣下たちと身の回りの世話をするコリンヌおよび護衛隊を引き連れ、駱駝《らくだ》に乗ってナノ砂漠の会議場に向かった。

ジョスランと会うのは秋の狩猟大会以来で、アレクサンドラは胸のときめきを押さえることができないでいた。

だが、それ以上に今回の会議の果たす重要さを痛感していた。

(恋よりも、まず、国王として国のことを第一に考えよう)

そう自分に強く言い聞かせていたのだ。

ナノ砂漠は、人の手が入らないままで、古代の風景を残している。

雪のように純白な砂、草木一本生えない遮るもののない地平、空は高くどこまでも青い。

ナノ砂漠の中央には、こんこんと湧き出る大きなオアシスがある。その場所にだけ、緑の木々が生息している。

ジョスランは、そこに会議用や宿泊用の立派な天幕をいくつも設置させていた。

アレクサンドラの一行が到着すると、天幕の前でジョスランが各国の首脳たちを出迎えている姿が見えた。

彼は砂漠の民風の真っ白な長いチュニックを身につけ、白いマントを羽織っていた。

（素敵……まるで子どもの頃絵本で読んだ、東洋の国の王様みたい）

彼の姿をひと目見るなり、アレクサンドラは込み上げる恋情に胸がいっぱいになってしまう。

「ああ、アレク、よく来てくれた！」

アレクサンドラの姿を見つけると、ジョスランは気さくに自らこちらへ足を運んでくる。

「ジョスラン、お招き感謝する」

アレクサンドラが、背の高い駱駝の背中から下りようとすると、その前にジョスランが長い腕を伸ばして、ひょいとアレクサンドラの腰を抱えて抱き下ろした。

「あ……」

アレクサンドラはジョスランのたくましい腕の感触に、全身の血がかあっと熱くなる。思わず顔が赤くなってしまう。

だが、わざと怒り顔を作った。

「君、失敬だ。駱駝くらい、一人で下りられる」

ジョスランが困り顔になった。

「すまぬ。君はなぜか守ってあげたくなるんだ。悪気はない」

アレクサンドラはその端整な顔をまともに見られず、うつむいて小声で答えた。

「わかっている」

ジョスランは気を取り直すように笑みを浮かべた。

「君の天幕は、オアシスに一番近い場所にした。澄んだオアシスと周辺のヤシの木の緑が涼しげで、きっと気にいると思う」

アレクサンドラは、ジョスランの細やかな気配りに心打たれる。

「ありがとう。会議では、微力ながら、君の援護ができるよう力を尽くすよ」

「うむ。期待しいている」

ジョスランは嬉しげに頷《うなず》いた。

ほんとうはもっと話していたかったが、会議の主催者であるジョスランは多忙で、すぐに他の首脳を出迎えるため、その場を去っていった。

ジョスランの言葉通り、オアシスの側に用意された天幕は、天井が高く明り取りの窓もある立派なもので、床には手触りのいい絨毯が敷き詰められて、都会のホテルのように大きなベッドとテーブルや椅子も設置されていた。

アレクサンドラは旅装束から、会議に出るための礼装に着替えた。

「お供の私たち用の天幕も、小さいながらとても居心地がよく作られてありましたよ。トラント国国王は、若いながらなかなか気働きのきく方ですね」

アレクサンドラの着替えを手伝いに天幕に入ってきたコリンヌは、しきりに感心している。

普段は落ち着いた態度を崩さない彼女は、初めての国外旅行ということもあってか、少しはしゃいだ雰囲気だ。

「そうでしょう？　ジョスラン様は、ほんとうに素敵な殿方だわ」

アレクサンドラは、思わず女性の口調に戻ってうっとりと答えた。

コリンヌははっと表情を強張らせた。そして、周囲を気にしながら、そっとアレクサンドラに耳打ちした。

「陛下——いえ、姫君。コリンヌは、前々から感じていたのですが。よもや——かの国王に、お心を寄せられておられるのですか？」

アレクサンドラは図星を指され、耳朶まで血が上るのを感じた。

慌てて男の口調に戻し、取り繕う。

「何をいうか。ジョスランは大事な友だちだ。私は彼と協力し、この会議の成功だけを考えている」

「姫君——いえ、陛下——」

コリンヌは辛そうな顔になるが、無言で手を動かし始める。

アレクサンドラも気持ちを入れ替えて、国王として振舞うことだけを考えた。

五大国の首脳は、ジョスランとアレクサンドラを除けば、壮年や初老の男たちだ。

西のルイ共和国の首相、東のマラサンド国の国王、南西のガロンガ首長王国の首長——誰もが経験も深く策略に長《た》けている人物ばかりである。

こうした者たちをひとまとめにしようとする若年のジョスランの手腕は、なみなみならぬものがあると言えた。

夕方には、第一回の会議が開かれる。

(私も、少しでもジョスラン様のお力になれるよう、がんばろう)

アレクサンドラは、天幕を出る前に深呼吸を繰り返した。

一癖も二癖もある各国の首脳を集めた会議だ。きっと一筋縄ではいかないと思った。

案の定、会議は紛糾した。

大陸全体の発展のために、五大大国がまとまることにどの首脳もやぶさかではなかったが、少しでも自国の利益に有利なるようにとの主張も強い。

大きな天幕中に設えた丸テーブルを囲み、各国首脳は激しく意見を戦わせた。

ジョスランの提示した、大陸共通の経済通貨を作る案は、特に反対意見が多かった。

「確かに、共通の貨幣があれば、各国の市場取引が速やかに行われるだろうが、国による経済格差をどうするのだ？」

老獪と評判のルイ共和国の首相が、ダミ声で言う。

「その通りだ。貧乏国の経済を、我が国が援助するというのか？　こちらには何の益もないではないか。政治はボランティアではないのだぞ」

少し独善的な傾向のあるというマラサンド国の国王も、賛同する。

「貧乏国、とは我が国を指しておられるのか？　確かに五大国中では、我が国が一番経済が遅れているからな。しかし、我が国は資源が豊富だ。聞き捨てならぬ」

気が短いというガロンガ首長王国の首長が、鋭い眼差しで睨んでくる。

最年少のアレクサンドラは、口を挟む隙もなく、ただ会議の成り行きを見守るばかりだ。

会議の進行役も兼ねているジョスランは、腕組みをしてじっと各国の議論を聞いている。

隣の席に座っていたアレクサンドラは、はらはらしながらジョスランの横顔を見ていた。

ひとしきり話し合いが済むと、ジョスランは腕をほどき、ゆっくりと語り出す。

「確かに。各国が、すべて公平というわけにはいきません。経済格差はいかんともしがたい。だが、皆さんはお忘れか？　大陸にあるのは、我々の国だけではないと言うことを」

はっと、その場の空気が固まった。

ジョスランは、叡智《えいち》に富んだ眼差しで、一人一人の首脳の顔を見回す。

「この大陸には、まだまだ経済途上の小国が十五もある。そこに、それぞれの国民が生活している。経済はおろか、教育も医療も行き届いておらぬ国も多い。先年、南端のヴェウル市国に大きな台風が襲い、壊滅的な被害を被ったことは、皆さんの記憶にも新しいと思う。こういう事態の時、各国が共同体になっていれば、すぐさま支援の手も差し伸べられる」

会議場はしんと静まり返った。

ジョスランの朗々とした声だけが、天幕に響き渡る。

「目先の自国の利益だけではない、長い目で、大陸全体の民たちの平和と発展を目指すのが、大国たる我々の義務ではありませんか？」

アレクサンドラは、清廉なジョスランの考えに胸を打たれた。感動の面持ちでジョスランを見つめた。

ふいに、ルイ共和国の首相がぼそりと言う。

「青いな、トラント国国王よ」

はっと周囲の首脳たちに緊張が走った。

ジョスランはかすかに眉を上げる。

ルイ共和国の首相は次の瞬間、口の端を持ち上げて笑った。

「だが、若気の至りも嫌いではないぞ」

安堵《あんど》の空気が会議場に広まった。

直後、アレクサンドラはそっと手を上げて、発言を求めた。

「あの……共通通貨はまず我が国とトラント国で、試験的に行ってみようと思います」

ジョスランがぱっと表情を明るくする。

各国の首脳は、それまで無言だったアレクサンドラの発言に目を丸くした。

アレクサンドラは、心臓がドキドキして緊張が高まってきたが、この会議のために考えてきたことをはっきりとした口調で述べる。

「もし、その試みがうまくいけば、次に暫定的に五大国に広めていけばいいと思います。その間は、各国共通の国債を発行してはどうでしょう？　小国の不足分は、我が国とトラント国で引き受けます。まず、ひとつでも、共通する事案から始めていきませんか？」

言い終えると、アレクサンドラは全精力を使い果たしてしまったようで、頭がクラクラしたが、懸命に胸を張って座っていた。

ジョスランは目を輝かせてアレクサンドラを見つめてから、顔を各国の首脳に向けた。

「いかがでしょう？　今すぐにとは申しません。明日の会議までに、どうかそれぞれでお考えください。意見がまとまらねば、また打開策を話し合いましょう」

各首脳は、賛同したという風にうなずいた。

「わかった、よくよく考慮する」

「うむ、良案かもしれぬな」

「これからは若い者の意見にも、耳を傾けねばな」

彼らの反応は好意的で、アレクサンドラはほっと肩の力を抜く。

第一回の会議はそこで終了となった。

各首脳が退場し、天幕の中にはジョスランとアレクサンドラだけになった。

アレクサンドラは緊張が解けて、ぐったりと椅子にもたれていた。

「ああ、アレク、ありがとう！」

ジョスランが感激したような声を出し、アレクサンドラの両肩を抱いてきた。

「君のおかげで、会議の空気が一変した」

アレクサンドラは、それが男同士の友情を確かめるだけの抱擁とわかっていたが、ときめきが止められない。だが、態度だけは国王らしく振舞う。

「微力だが、私なりにせいいっぱい考えたんだ」

ジョスランは嬉しげに、何度もアレクサンドラの背中を抱きしめる。

「君は、素晴らしい人だ。控えめで儚《はかな》げなのに、聡明で勇気もある」

少し身体を離すと、ジョスランはまっすぐに見つめてきた。

「君は、私の誇りだ」

アレクサンドラは胸の中で、

(友人として、よね)

と哀しくつぶやく。

でも、ジョスランの力になれたことは純粋に嬉しかった。

「君こそ、最高の友人だよ」

ジョスランの目を見つめ、心を込めて返した。


その晩遅く。

食事を済ませたアレクサンドラは、ゆったりした長いチュニックに着替え天幕を出た。

昼間の会議の興奮が冷めやらず、なかなか寝付けなかった。

空気は澄み渡り、満天の星空だ。

警護の兵士に少し遠くから付いてくるように指示し、アレクサンドラはさらさらした砂を踏みしめて、ゆっくりとを歩みを進めた。

オアシスの周りを巡ろうとすると、ヤシの木陰の下に置かれたベンチに、ジョスランが一人で座っているのに気がついた。長い寝間着にガウンを羽織っている。

彼は背もたれに背中を預け、星空をぼうっと見上げていた。

その横顔に、深い疲労感が浮かんでいる。

せつなくて胸がきゅうっと痛む。

アレクサンドラは脈動が速まるのを感じた。

女性として会いたい。

会議に全身全霊で臨んだであろう彼に、なにか労《いたわ》りの言葉をかけてあげたい。

アレクサンドラはくるりと踵を返し、自分の天幕に戻っていった。

「もう私は休む。朝は侍女のコリンヌが来るまで、起こさぬよう」

警護の兵士にそう言い置き、天幕の中に入った。

部屋の隅に置いてある旅行用の葛籠《つづら》を開け、一番奥に隠し持ってきた女性用の部屋着と亜麻色の鬘と仮面を取り出す。

この姿で現れたら、ジョスランに不審がられるだろうか。

だが、自分は夢幻のような存在だ。そうジョスランも思っている節がある。

追及したらもう二度と会えない、と言い置いてある。

ままよ、と着替えた。国王の寝間着を丸めて、小脇に抱えた。

天幕の裏から、そっと這《は》い出た。

警護の兵に気づかれないように、裸足《はだし》で素早く天幕を後にする。

途中の岩陰に国王の寝間着を隠し、まっすぐオアシスに向かう。

星明かりだけの闇に紛れて、オアシスに近づくと、まだジョスランはベンチに座っていた。

息を整えて、背後から彼に近づいていく。

「……ジョスラン様」

小声で名前を呼ぶと、ジョスランがはっとこちらを振り返る。

「亜麻色の――!?」

ジョスランは声を上げそうになったが、すぐ声を潜める。

彼は音もなく立ち上がり、アレクサンドラの前に歩み寄った。

「君――どうしてこの場所に？　いや、そんなことはどうでもよい」

ジョスランが両手を差し伸べる。

「おいで、私の乙女。会いたかった。君に会いたくて、たまらなかったよ」

「ジョスラン様」

アレクサンドラはジョスランの胸に飛び込んだ。

ぎゅうっと強く抱きしめられると、ジョスランの熱い身体の感触と力強い鼓動の音に、息が苦しいほど愛おしさが込み上げてくる。

「柔らかく熱い身体——君は幻なんかじゃない、生きている」

ジョスランはアレクサンドラの額や頬に、何度も唇を押し付ける。

その唇がいつしか、アレクサンドラの唇に重なる。

「ん……ふ、んん」

濡れた唇の感触に、それだけで全身が甘く痺れた。

思わずジョスランの首に両手を回し、自分からも抱きついていた。

二人は顔の角度を変え、何度もキスを交わした。

互いの舌が絡まり、強く吸い合う。

「……んん、んぁ、あ、ふ……」

うなじのあたりがじんわり熱を持ち、心地よい陶酔感がアレクサンドラを包む。

くちゅくちゅと舌を擦り合わせ、互いの舌を堪能する。ジョスランの厚い舌が喉奥まで差し込まれると、息が詰まって下腹部が痛いほど疼き、媚肉がきゅうっと締まった。

キスだけで軽く達してしまいそうになる。

ふと、ジョスランが顔を上げる。

さくさくと砂を踏む足音が近づいてくる。

「国王陛下、そろそろお休みになっては？」

暗闇から男の声がした。

「――警備兵だ」

ジョスランはつぶやき、相手に向かって声を張り上げた。

「まだ考え事がある。あと一刻は、私をわずらわせぬように」

「御意」

警備兵の足音が遠ざかる。

「おいで――」

ジョスランは素早くアレクサンドラの手を掴《つか》み、こんもり茂ったアカザの陰に誘った。

彼は自分のガウンを脱ぐと素早く砂地に敷いた。そして、アレクサンドラの両手を引く。

「君が欲しい。今すぐ抱く――よいか？」

彼の黒曜石色の瞳は、星を宿したみたいにキラキラと光っている。

アレクサンドラは、身体中の血が沸き立つのを感じた。コクリとうなずいた。

「はい」

返事をした途端、ぐっと抱き寄せられ、ジョスランの膝に乗せ上げられ、そのまま噛みつくようなキスを仕掛けられた。

「んあぁ、あ、は……ふ」

ジョスランの舌が口腔内を激しく掻き回し、節くれだった男らしい手が薄物越しにアレクサンドラの身体をまさぐる。

背中や横腹を撫でていた手が、性急に部屋着の裾を捲り上げ、内腿に触れてくる。

「あ……あぁ、あ」

ひんやりした硬い指先が、ドロワーズ越しに秘裂をなぞると、甘い疼きが背中を走り抜け、媚肉がひくひく戦慄《わなな》いた。

「もう、濡れている」

唇をわずかに離したジョスランが、ドロワーズの裂け目から軽く陰唇を撫でると、ぬるりと滑る感触にぶるっと腰が震えた。

ジョスランはそのままくちゅくちゅと蜜口の浅瀬を撫で回した。疼き上がる心地よさと耐え難い欲望に、アレクサンドラはせつないため息を漏らす。

「ああ……ジョスラン様」

「どんどん溢れてくる——君も私を欲しているんだね」

耳元で色っぽい低い声でささやかれると、背中が情欲でぞくぞく震撼《しんかん》した。

ジョスランは空いている方の手で、アレクサンドラの部屋着の前合わせを解くと、まろび出た乳房に顔を埋めた。硬く高い鼻梁が肌を撫で回してくると、まだ触れられてもいないのに、乳首がきゅんと凝って尖ってしまう。

その疼く乳首を、ジョスランが濡れた口唇に咥え込む。

「は、ああっ……っ」

痺れる快感と疼きが下腹部を襲ってきて、アレクサンドラは背中を仰け反らせて喘《あえ》いだ。

「可愛い声だ――こんなに感じやすくなって、なんて可愛い身体だ」

ジョスランは乳首を舐めしゃぶりながら、指で熱く潤った蜜口を掻き回してくる。

じゅっと奥から大量の愛蜜が吹き零れた。

「や……あ、あ、だめ、あ、そんなに、しちゃぁ……」

上からも下からも、耐え難い痺れと喜悦が襲ってきて、アレクサンドラは感じすぎて腰をびくびく跳ね上げてしまう。

恐ろしい速さで快感の大波が迫ってきた。

「……は、あ、ぁ、あ、や、だめ、も、あ、もうっ……っ」

頭の芯が官能に痺れ、思考が飛ぶ。

ジョスランの両肩に置いた手が、ぎゅうっと力がこもり全身が強張った。

「あああ、あああぁ……ぁあっ」

アレクサンドラはあっという間に達してしまった。

「っ……はぁ、は、はぁあ……」

息が乱れて頭がぼうっとする。膣襞がまだ物足りないとばかりにきつく収斂し、浅瀬に突き入れられたジョスランの指を奥へ引き込もうとした。

「もう達ってしまった？　淫らな乙女だ」

ジョスランが熱を持った耳朶を軽く噛んできた。

「や……だって……だって……」

アレクサンドラは恥ずかしに首をいやいやと振りながら、声を震わせた。

「ずっと、お会いしたかったから……待ち焦がれていたの……」

「っ——」

ジョスランが息を呑む気配がする。

彼は膣腔から指を引き抜くと、力を失ったアレクサンドラの片手を取って、そっと自分の股間に導いた。

「あ——」

そこに息づく欲望が、あまりに大きく硬く熱く滾っていることに、アレクサンドラは動揺を押し隠せない。

ジョスランは寝間着の裾を捲り上げ、勃ち上がった男根をアレクサンドラに直に握らせた。アレクサンドラの小さな手に余るくらいの脈打つ肉茎の太さに、ぞわっと総毛立つ。

「そのまま、上下に擦っておくれ。優しく」

ジョスランが艶《つや》めいた声で指示する。

「あ……はい」

羞恥心より、ジョスランを心地よくさせたいという気持ちが優《まさ》った。

言われるまま、ゆっくりと握った陰茎を上下に揺さぶった。

「ふ――」

耳孔にジョスランの満足げなため息が吹き込まれ、その刺激だけで再び下腹部がうずうず飢えてくる。

上下に擦っているうちに、傘の張った亀頭の先端から、熱い先走り液が滲《にじ》み出てきて、手の動きが滑らかになってくる。そろりと指先で、先端の割れ目をまさぐると、ジョスランの肉胴がぶるっと慄いた。

「ああ――乙女よ。もう、我慢できない」

ジョスランが切なく呻き、アレクサンドラのドロワーズを性急に引き下ろし、自分の股間を跨《また》ぐ格好にさせた。

「あっ……」

濡れそぼった陰唇に、ぬるっと灼熱の欲望の先端が押し当てられる。その淫靡な感触に、子宮の奥がずきずき疼く。

「そのまま、腰を落として、私を挿《い》入れてごらん」

ジョスランがアレクサンドラの細腰を抱えて持ち上げる。

「や……そんな……」

自分から求めていくなんて、あまりにはしたなくてできるわけがない。

それなのに、媚肉の疼きはずきずき堪え難いくらいに高まっていた。すぐそこに自分を満たしてくれるたくましい男根があると思うと、自然と腰が動いてしまう。

「ん……ん」

じりじりと腰を落とす。

ほころんだ花弁を肉棒の切っ先がぬるんと擦ってくると、どうしようもなく脈動が速まり情欲はますます昂ぶる。

「あ、あぁ、あ」

白い喉を仰け反らせ、ぬるぬると陰唇を硬い先端で擦り上げると、信じられないほど気持ちよくて下肢が蕩けそうになった。

「……ん、んぁ」

開いた媚肉の狭間に熱い肉塊を押し当て、受け入れようとするが、自分の愛液とジョスランの先走り液でつるつる滑ってしまう。なかなか奥へ受け入れられなく、焦れてしまう。

「や……ぁ、挿入らない……です」

声を震わせると、ジョスランが肉茎の根元に自分の手を添えて固定する。

「大丈夫、挿入いる、さあ、もう一度――」

促され、思い切って深く腰を下ろすと、ぬくっと蜜口の浅瀬に雁首が押し入ってきた。

「あん、あ、あ、熱い……」

身体の力を抜いて、徐々に奥へ受け入れていく。

疼き上がった膣襞が、満たされる喜びにざわついて蠕動《ぜんどう》する。

「んん、ん、あ、挿入《はい》る……ぁあ、挿入っちゃ……ぅ」

ずぶずぶと奥まで呑み込んでいくと、心地よさに四肢の力が自然に抜ける。

根元まで受け入れ、柔らかな尻がぴったりとジョスランの股間に密着した。

「はぁ、あ、いっぱい……あぁ、ジョスラン様で、いっぱいに……」

極太の肉茎の感触を味わうみたいに、しばらくじっとしている。

体重をかけて受け入れているせいだろうか、今までよりもより深く奥へ届いているような気がした。

媚肉がひくひく戦慄《わなな》いて、ひとりでにジョスランの肉胴を締め付けてしまう。

「ああいいね――全部挿入った。君の中、ぬるぬるして狭くて、なんと気持ち悦い」

ジョスランが満足げなため息を吐く。

「ジョスラン様……」

アレクサンドラは感極まって、ジョスランの頭を胸の中に掻き抱《いだ》く。

艶やかな髪と硬い鼻梁の感触にも、猥りがましく興奮が煽られる。

「ゆっくり、腰を使って――君の気持ち悦いと思うように、動いてごらん」

声をかけられ、おそるおそる腰を少し持ち上げる。

「ん、んん……あ」

ジョスランの肉棒に絡んでいた膣襞が上に引き摺《ず》られる感じに、ぞくりと背中が震えた。

「は、はぁ、はぁあ」

亀頭の括《くび》れまで引き抜き、そのまま腰を再び腰を沈める。

「あっ、ああっ……ん」

ずん、と子宮口まで深く穿たれる感じに、甘い嬌声が漏れてしまう。

「ふぁ、あ、はぁ、はあぁあ」

初めはおそるおそる腰を使っていたが、次第に自分の感じやすく気持ちのいい箇所がわかってくる。

腰を前後に揺らすようにして擦ると、鋭敏な秘玉も一緒に刺激されて、快感がどんどん増幅してきた。

「ん、んんぅ、あ、あぁ、い、悦い……ぁあっ」

夢中になって淫らに腰を振り立て、時に強くイキんでぎゅっとジョスランの陰茎を締め付けてみる。

「ああ——悦い、上手だ、乙女よ、とても悦い、最高だ」

ジョスランがうっとりした声を漏らす。

アレクサンドラは濡れた目で、ジョスランの表情を窺《うかが》った。

今までは、抱かれるだけでせいいっぱいで、相手の顔をまともに見る余裕もなかった。

でも今、対面で向き合っていると、星明かりに仄白《ほのじろ》く浮かぶジョスランの美貌が、あまりにも無防備に見えて、愛おしさがいや増してくる。

「はぁ、あ、ジョスラン様、私も、悦い、悦いの……ぉ」

声を震わせて、さらに腰をいやらしくうごめかせる。

互いの粘膜が触れ合うたびに、ぐちゅぐちゅと恥ずかしい水音が立ち、それが欲望をさらに煽ってくるようだ。

「あ、あぁ、奥に……あぁん、当たるの……んんぅ」

硬い先端が子宮口まで届くと、脳芯まで甘く痺れてどうしようもなく感じ入ってしまう。

「乙女よ――これは、堪らない」

ジョスランがアレクサンドラの細腰をしっかり抱え直し、自分からも腰を突き上げてきた。

ずんと奥深く抉られて、瞼の裏に官能の赤い火花が飛び散る。

「あうっ、あ、あぁ、だめっ、だめぇ、そんなにしちゃ……っ」

あまりに強い快感に、思わずアレクサンドラは逃げ腰になった。

ジョスランをそれを力任せに引き戻し、がつがつと激しい抽挿を始める。

「や、やぁ、あ、奥、だめぇ、そこ、あ、だめぇっ」

最奥を貫かれ、アレクサンドラは涙目でいやいやと髪を振り乱す。

「だめではない。ここが感じるのだろう？　ここをこうすると――」

ジョスランが子宮口の少し手前あたりの感じやすい箇所を、ぐりっと穿ってきた。

「ああぁっ、はぁ、ああ、だめぇ、だめですっ……」

どうしようもない愉悦に翻弄され、もはやアレクサンドラは自分で動くことができない。

「ああまた締まる――ここはどうだ?」

ジョスランは息を乱し、角度を変えてはがむしゃらに攻め立ててきた。

「あっ、だめ、漏れて……あぁ、出ちゃう……やぁぁあっ」

官能のツボをもろに穿たれ、アレクサンドラの四肢から力が抜け、じゅわっと熱い潮が吹き零れた。

二人の結合部がびしょびしょに濡れる。

はしたなく漏らしてしまったことに、アレクサンドラは耳朶まで血を上らせ、羞恥に身悶《みもだ》える。

「やめ……また、漏れちゃう……やめて、あ、だめぇ」

だが何度懇願しても、ジョスランはさらに腰の動きを速めてくる。

「……ひ、や、あ、あぁ、あああぁあっ」

膨れた陰茎が抜き差しされるたび、泡立つ愛液と潮が掻き出され、ちゃぷちゃぷと恥ずかしい水音が夜の空気の中に吸い込まれていく。

「だめ、もう、達って……あぁ、また、達っちゃう……っ」

短い絶頂が繰り返し襲ってきて、その間隔がどんどん短くなる。感じすぎて、目尻から歓喜の涙がぽろぽろ零《こぼ》れ落ちる。

「何度でも、達くがいい、私の可愛い淫らな乙女」

ジョスランが息を乱し、声を掠れさせる。

「あぁん、あん、あぁ、ジョスラン様……ぁ」

彼も同じように気持ちよくなっているのだと思うと、アレクサンドラは全身に拡がる多幸感で、気が遠くなりそうだ。

「ああ、好き……好きです、愛してる……っ」

アレクサンドラは感極まり、ジョスランの頭を強く抱きしめ、愛を告げる。

どくん、とアレクサンドラの内壁に包まれた剛直が震えた。

「乙女よ、私も愛している、君を愛している」

ジョスランが今まで聞いたこともないようなせつない声を出した。

心臓を直撃するような、その声に、アレクサンドラは再び上り詰めてしまった。

「あ、あぁ、あ、悦い……っ、あああぁっ」

全身で強くイキみ、熱く熟れた内壁が蠢動《しゅんどう》して、ジョスランの欲望に吸い付き、きりきりと締めてしまう。

「はっ——」

ジョスランが吐精に耐えるように、感じ入った吐息を漏らす。

直後、彼はアレクサンドラの身体を抱き上げ、素早く肉茎を引き抜く。

「あぁ、ああんっ」

膣襞が引き摺り出されるような喪失感に、ぶるりと腰が慄く。

そのままぎゅうっと抱きしめられ、下腹部にいきり勃った爆発寸前の灼熱が押し当てられた。

「――くっ」

ジョスランが獣のように唸り、びくびくと肉塊が痙攣し、熱い奔流が吐き出される。放出される大量の白濁が、ジョスランの思いの丈を伝えているようだ。

「あ、あぁ、熱い……あぁ、ぁあ……ぁ」

アレクサンドラは感極まってジョスランに抱きつき、汗ばんだ頬や唇にキスをする。

すべての欲望を吐き出したジョスランは、アレクサンドラのキスに応え、何度も唇を合わせてきた。

「――君の中、なんと私にぴったりなのだろうね。素晴らしかった――愛している」

キスの合間に、ジョスランが優しくつぶやく。

快感の余韻に酔いしれて、アレクサンドラも答える。

「私も、愛しています」

幸福感を分かち合うように、しばらく二人はじっと抱き合っていた。

やがて、アレクサンドラは名残惜しくあったが、そっと身を離した。

もうすぐ、ジョスランの警備兵が戻ってくるだろう。

その前に姿を消さねばならない。

まだ萎えそうな四肢に力を込め、ゆっくりと立ち上がる。乱れた衣服を手早く整えた。

「……私、もう行かねばなりません……」

「亜麻色の髪の乙女――」

ジョスランが思わずといったように、アレクサンドラの細い手首を掴む。

「行かないでくれ、まだ君といたい」

アレクサンドラは胸が痛いほど掻き毟られる。

ずっといたい、一緒にいたいのは同じ気持ち、でも――。

手をやんわりと振《ふ》り解《ほど》く。

「――ジョスラン様、私は一夜の夢幻だと思ってください。これ以上のことはご勘弁を。さもないと、もう二度とお会いできないことになります」

ジョスランの黒曜石色の目が辛そうに眇められた。

「乙女よ、君は幻なのか？　これからも、このようにしか会えないというのか？」

アレクサンドラはせつなくて苦しくて、涙が溢れそうになる。

けれど、ぐっと嗚咽を噛み殺し、きっぱりと言う。

「そうです。もし私をほんとうに愛しいと思ってくださるのなら。さもないと……」

「本当に心底愛しい、だから、もっと君を知りたい、君に会いたい」

ジョスランは、アレクサンドラの言葉を断ち切るみたいに割り込んでくる。

「君に、どんなにか苦しい事情があるかはわからない。だが、それを私には分かち合ってもらえないのか？　私はそれほど無力か？　乙女よ、このままでは私の気持ちはおさまらない。どうか、君の悩みを、私に打ち明けてくれぬか？」

一瞬言葉を切ってから、ジョスランは真摯な表情で言う。

「君の力になりたい。愛しているんだ、どうしようもなく」

ジョスランの切々とした言葉は、アレクサンドラの心をまっすぐ射抜く。

アレクサンドラは、全身からジョスランへの愛情が溢れてくるような気がした。

本当のことを言いたい。

国王として振舞わねばならない自分の人生が、いかに辛く苦しいか。一生愛する人と結ばれる希望がない無残な運命を呪いたい。

けれど——一国を背負う重責の身では、どうすることもできないのだ。

ジョスランへの想いが強すぎて、一夜の情けのつもりが、幾たびも逢瀬を重ねてしまった。

その自分の未練が、互いの愛情をどんどん深めて、どうしようもない瀬戸際まで追い込まれている。

(私のわがままだった……私のせいで、ジョスラン様までこんなに苦しめることになってしま
った。もう、終わりにしなきゃいけない)

それは死にたいくらい辛い決意だった。

アレクサンドラは強く首を振った。

そして、心を鬼にしてはっきりと言葉を返す。

「もう、私からは何も言うことはありません。今宵を限りにさせていただきとうございます」

ジョスランが目を見張り、彼は言葉を失った。

アレクサンドラはぱっと身を翻した。

「待ってくれ――」

ジョスランの声が追いかけてくる。

「追わないでください！」

背中を向けたまま、悲痛な声を振り絞った。

ジョスランが息を呑む気配がした。

夢中で砂地を走る。

ゴーデリア国用の天幕が幾つも見えてくると、そっと肩越しに振り返った。
ジョスランの姿はない。
諦めてくれたのだ。
アレクサンドラはほっと息を吐いた。
岩陰に隠してあった国王の寝間着を取り出し、夜陰で着替える。
それから――。
両手で砂地を掘り、脱いだ亜麻色の髪の鬘と仮面とドレスを埋めてしまう。
もう、二度と亜麻色の髪の乙女にはならない。
埋めた上から砂を押し固めながら、ぽろぽろ涙が溢れてくる。
「さようなら、乙女の私。さようなら、私の初恋。さようなら、ジョスラン様」
繰り返しつぶやく。
これからの長い人生、男として、国王として生きていくのだ。
そして、ジョスランの良き友として――。
「うっ……うう……」
絶望感に嗚咽が止まらない。
でも、もう泣いてはいけない。

気力を振り絞り、立ち上がる。

胸を張り、自分の天幕に歩いていく。

アレクサンドラの姿を見ると、警護していた兵隊が、驚いて直立不動になった。

「陛下⁉　お休みになったのではなかったのですか？　いつの間に⁉　わ、私の責任問題です！　どうか、厳重な処罰を！」

恐縮している兵士に、アレクサンドラは鷹揚《おうよう》に微笑む。

「眠れず、少しそこらを歩いていた。君も長旅で疲れていたのだろう、気にするな。もう休む」

「ははっ、陛下の寛大なお言葉、感謝いたします」

平伏した兵士の前を、アレクサンドラは平然としたそぶりで通り過ぎ、自分の天幕に入った。

扉を閉めた途端、再びどっと涙が溢れてきた。

(終わったのね、なにもかも……)

もはや、精魂尽き果て、アレクサンドラはその場に頽れてしまった。

翌日の会議の席。

だるい身体に鞭打って、アレクサンドラは出席した。

あれから、あまりの悲しさに一睡もできなかった。

すでに先に丸テーブルに着いていたジョスランが、アレクサンドラの姿を見ると、はっとしたように表情を変える。

「アレク、顔色が真っ青だ。具合が悪いのか？　無理をしなくてもよいのだぞ」

ジョスランは立ち上がり、熱でも計ろうとしたのか手を差し伸べ、アレクサンドラの額に触れようとしてきた。

今はジョスランの優しさが辛い。

アレクサンドラはさりげなく身をかわし、無理やり笑みを浮かべた。

「大丈夫だ。大事な会議だ、休むわけにはいかない」

ジョスランは手を引っ込めたが、まだ気遣わしげだ。

「そうか――辛くなったら、いつでも言ってくれ。大事な親友の身に、なにかあってからでは遅いからね」

（大事な親友……）

傷心のアレクサンドラには酷薄過ぎる言葉に、心臓がずきずき痛む。

でも、そんな内心を表に出さないように必死だった。

「ありがとう」

言葉少なに答え、ジョスランの隣の席に着く。

他の首脳たちも入場し、二日目の会議が始まった。

ジョスランは先日と同じように、てきぱきと会議を進行しながら、時折心配そうな目をこちらに向けてくる。

アレクサンドラは席に座っているだけでもやっとだったが、平気なそぶりでいた。

昨日の会議の経緯のためか、他の三ヶ国の首脳たちの態度はずっと寛容であった。

共通通貨は、まずゴーデリア王国とトラント帝国間で、試験的に試みること、五大国共通の国債を発行し、大陸全体の経済活性化に努めることなど、懸案が次々に決定していった。

会議の最後には、それぞれの首脳は、五大国が今後とも互いの友好と協力を惜しまないという旨の協定書に署名をした。

朝から夕方まで費やした長い会議が、やっと閉会になった。

アレクサンドラは力を出し尽くし、今にも倒れそうな気がした。ふらつく足取りで会議室の天幕を後にしようとした。

「待ってくれ、アレク」

後ろからジョスランが急ぎ足で追いかけてきた。

「え？」

アレクサンドラは振り向きざまに、ジョスランにがっちりと抱擁された。

「感謝する、心から感謝する、アレク。なにもかも、君の機転と協力のおかげだ。会議は大成功だった」

ジョスランが感激したように声を震わせる。

アレクサンドラはたくましいジョスランの胸に抱かれて、心臓のドキドキが止まらず、そのまま彼の胸に身体を預けてしまいたいと思った。

だが、男らしさを装って、ジョスランの背中を抱き返す。

「いや、五大国の首脳をこのように一堂に会することができた、君の才覚が成し遂げたことだ。他の国の首脳たちも、君だからこそ集まってきたんだ。君こそ、これからの大陸を率いていく覇者にふさわしい」

「アレク——私は——」

ジョスランは感無量といった態で、なかなかアレクサンドラを抱き締めた腕を離そうとしない。

友人としての抱擁に、アレクサンドラはせつなくて苦しくて耐えられない。

「さ、さあ。もう離してくれ。男同士でいつまでも抱き合っていては、誤解されるぞ」

冗談交じりに身体を引き離そうとすると、さらにぎゅっと強く抱きとめられる。

「アレク、アレク――」

やはりまだ若いジョスランは、重大な会議を成功させたという喜びと興奮がおさまらないのだろう。

アレクサンドラはしばらくじっとジョスランに抱擁されていた。ほんの一、二分の間だったが、永遠と思うほど長い時間が流れたように感じた。

やがて、アレクサンドラは、あやすみたいにジョスランの背中をぽんぽんと叩《たた》いてやる。

「苦しいよ……ジョスラン」

ジョスランは、突然我に返ったようだ。

ぱっと身を離すと、頭を掻いて目元を赤く染めた。

「すまない、つい気持ちが高揚してしまった」

その仕草が少年のようで、アレクサンドラは胸がきゅんと甘く疼く。

泣きそうになりながら、笑顔を浮かべる。握手の手を差し出す。

「わかるよ、君の気持ち――これからも、国のため大陸全土のため、協力していこう」

「うむ、まず、共通通貨という重要懸案があるからね。互いに切磋《せつさ》琢磨《たくま》していこう」

ジョスランががっちりとアレクサンドラの手を握る。

アレクサンドラは想いを込めて、強くその手を握り返した。

第四章　発覚

大陸統一会議から戻っても、アレクサンドラには傷心を癒《いや》す時間はまったくなかった。

こなさねばならない政務は山積みだった。

忙しさに紛れれば、ジョスランへの想いが薄れていくと思っていたが、そんなことは全然なく、日毎に想いは募る一方だ。

それに、大陸統一会議の協定書に即して、トラント王国との共通通貨の計画も推し進めていかねばならない。

勢い、ジョスランとの連絡が頻繁になり、彼を忘れることなど到底できそうになかった。

また、密かに期待していたマリア侯爵夫人の次の懐妊も、夫人が胸の病に倒れ長い療養生活に入ってしまい、当分望めそうになくなった。

心労は積み重なる。

大陸統一会議からひと月後、とうとうアレクサンドラは、議会中に貧血を起こして倒れてしまったのだ。

「おいたわしい。このようなか細いお身体で、昼夜なく国のためにお働きになって――」

頭の上の方から、コリンヌの涙声が聞こえた。

アレクサンドラは重い瞼を上げる。

こんこんと眠りに落ちていた。

気がつくと枕元にコリンヌが付き添っていた。彼女はつききりで看病してくれていたらしい。

アレクサンドラは慌てて起き上がろうとした。

「いけない、私、どのくらい寝てしまったの？　議会の途中で……」

コリンヌがアレクサンドラの肩を抱き、やんわりと枕に押し戻す。

「かかりつけの医師が、過労だと申しました。二、三日、ゆっくり休んで滋養のあるものを食べて、体力を回復するように、と」

「そう……わかりました」

アレクサンドラは軽くため息をつき、ベッドに仰向けになった。

かかりつけの高齢の医師は人徳者で、アレクサンドラが女性であると知った上で秘密は厳守し、適切なケアをしてくれている。その医師の言うことだ、正しいのだろう。

戴冠式以来、ずっと気を張っていた。

その上に、ジョスランへの報われぬ恋。

アレクサンドラは、自分が感じているよりずっと疲労困憊《ひろうこんぱい》していたのだ。

「だったら、その通りにするわ。少し休みます」

素直に言うと、コリンヌが表情を明るくした。

「そうですよ。今、姫君がお好きなそば粉のパンケーキを焼かせてきましょうね。蜂蜜をたっぷりかけて。それに熱いミルクティーですね」

コリンヌんはいそいそと寝室を出て行った。

アレクサンドラは枕に頭を押し付け、じっとベッドの天蓋を見上げていた。

ジョスランへは、倒れたことを連絡した方がいいだろうか。

このところ、両国共通通貨の基本方針が固まってきて、ジョスランとは頻繁に書簡を交わしている。連絡が途絶えると、友情に厚いジョスランがいらない心配をするかもしれない。簡単な手紙だけでも送っておこう。

そろそろと起き上がろうとすると、がたりと音がしてふいに寝室の扉が開いた。

「だれっ？」

思わず誰何《すいか》すると、野太い声がした。

「陛下、お身体の具合はいかがですかな？」

ベルーナ公爵だ。

アレクサンドラはほっとして、半身だけ起こした。

「大事ない」

そう答えると、ベルーナ公爵がずかずかとベッドに近づいてきた。

「おお、起きておられましたか、ちょうどよい。少しお話がありましてな」

アレクサンドラは、少し寝乱れていた寝間着の前を素早く掻き合せた。

「公爵、話とは？」

ベルーナ公爵はベッド側の椅子にどっかと腰を下ろすと、アレクサンドラの顔を覗き込むようにして話し出した。

分をわきまえない失敬な態度に、アレクサンドラは眉を顰めたが、ベルーナ公爵は平然としている。

「いや、私はね、ずっとか弱き乙女であるあなたが国王の位に就くことには、反対だったのだよ」

「……」

ベルーナ公爵はいかにも同情しているというような表情を作った。

「そんなにも美しいのに、あたら若さと美を無駄にして男として生きるなど、あなたにはふさわしくない」

「公爵、私は……」

アレクサンドラは少しだけほろりとした。

素の自分に戻り、少し涙ぐみそうになると、すっとベルーナ公爵のむっちりした手が、自分の手に重ねられる。

びくりとして手を引こうとすると、逆に強く握られた。

「公爵、離してください」

「いや、聞きたまえ。君にも私にもいい方法があるのだよ」

「え？」

ベルーナ公爵の細い目が、いやらしく光った。

「あなたが王女に戻り、私と結婚すればいい。そうすれば、私が国王として、あなたの代わりにこの国を治めよう」

アレクサンドラは目を見開いた。

ベルーナ公爵の言っている意味が、頭に入ってこない。

「何を……？　何をおっしゃっているの？」

声を震わせると、ベルーナ公爵は突然、太った身体でがばっと覆《おお》いかぶさってきた。

「きゃあっ」

のしかかってきた男の重さに悲鳴を上げる。

ベルーナ公爵はアレクサンドラの両手を押さえつけ、息を荒くして見下ろしてくる。

「私だって、遠縁だが王家の血筋を引いている。なぜ、小娘のあなたが王位に就けて、私が就けないのだ？　納得いかない。それならば、いっそあなたを我が物にして――」

ベルーナ公爵の顔が迫ってきた。

「無礼な！　離しなさいっ！」

アレクサンドラは顔を背け、じたばたと身悶えた。

「いやっ、やめてっ、離してっ」

ベルーナ公爵は、全体重をかけてのしかかってきた。

「ままよ。小娘など一度抱いてしまえば――」

彼の手が薄物越しに、アレクサンドラの胸元をまさぐってきた。

全身に鳥肌が立ち、アレクサンドラの頭は恐怖と怒りに真っ白になった。

「やめて、いやあぁっ」

全身の力を振り絞り、両足でベルーナ公爵の太鼓腹を思い切り蹴り上げた。

「ぐわっ」

ベルーナ公爵が怯《ひる》み、押さえつけた力が弱まった直後、アレクサンドラは力を振り絞って彼の身体の下から逃れた。

転げ落ちるようにベッドを下り、ふらつく足で扉へ向かう。

「誰か……！」

声を上げようとすると、後ろからベルーナ公爵が掴みかかってくる。

「こしゃくな。もう容赦はしないぞ」

床に強く押し倒され、痛みに気が遠くなる。

「扉には鍵をかけた。廊下の警護兵には、陛下と重要な話があるので、誰も通すなと言ってある。助けは来ないぞ」

アレクサンドラの上に馬乗りになったベルーナ公爵は、勝ち誇った声を出す。

「離して、やめて……ああ、ジョスラン、ジョスラン様ぁ！」

アレクサンドラは思わず愛しい人の名を呼び、弱々しくもがいた。

と、突然ベルーナ公爵が悲鳴を上げ、腰を大きく浮かせた。

「うわあっ、あちちち」

アレクサンドラははっと振り返る。

真っ青な顔をしたコリンヌが、ベルーナ公爵の背後に立っていた。その手には、紅茶ポットが握られている。彼女は、紅茶のポットの中身をベルーナ公爵にぶちまけたのだ。

「無礼者っ！　出て行きなさい！　姫君にこれ以上触れたら、人を呼びます！　いくら公爵様といえど、容赦はしません！」

コリンヌが声を震わせて叫んだ。

「ちっ――」

ベルーナ公爵は舌打ちをし、のそりと立ち上がった。

アレクサンドラは床を這うようにして、彼から離れる。コリンヌが素早く駆け寄り、アレクサンドラを抱き起こした。

アレクサンドラは立ち上がると、キッパリと言う。

「出て行きなさい、公爵。補佐官の役職は馘首《かくしゅ》します。当分自宅で謹慎するように！」

ベルーナ公爵は顔を真っ赤にして、こちらを睨みつける。目がギラギラして、今までの優しいそぶりの仮面が引き剥《は》がされ、憎悪と野心が剥き出しだ。

「ふん、覚えているがいい。小娘のくせに。泣きを見ないようにな！」

彼は下品な捨《す》て台詞《ぜりふ》を残し、寝室を飛び出し行った。

信用していたベルーナ公爵の正体を知り、アレクサンドラはひどくショックを受け、疲労とあいまって、気が遠くなりそうだった。

「ああ、姫君、姫君！　お怪我はありませぬか？　お部屋に戻ってきたら、警護兵が姫君はベルーナ公爵と面談中と言うではないですが。その上扉に内鍵が掛かっていたので、胸騒ぎがして、隠し通路から、寝室に入り込んだのです」

コリンヌは半泣きになってアレクサンドラを抱えて、ベッドに誘導した。

アレクサンドラは倒れこむようにベッドに横たわった。

「ありがとう、コリンヌ。お前のおかげで難を免《まぬが》れたわ……ほんとうに、ありがとう」

消え入りそうな声で礼を言うと、コリンヌが首を振る。

「いいえ、いいえ。ご無事でなりよりでした。でも――これからの姫君の苦難な道を思うと、不憫《ふびん》で不憫で――」

コリンヌの語尾が嗚咽で掻き消える。

アレクサンドラは目を閉じて、心を落ち着かせようとした。

身の危険を感じた瞬間、思わずジョスランの名前を呼んでいた。

今すぐ会いたい、会いたかった。

強く抱きしめて、優しく名前を呼び、

「大丈夫だ怖くない、私が君を守るから」

と、コントラバスのような声でささやいて欲しい。

なのに——愛する人は遠い。

永遠に遠い。

目を開け、傍らで泣きじゃくっているコリンヌに声をかけた。

「……コリンヌ……朝まで、一人にしてちょうだい。警護兵たちに、何人も部屋に入れないように厳命して」

「か、かしこまりました」

コリンヌは深々と頭を下げると、ベッド側の小卓の上の燭台だけを残し寝室の灯りを消し、寝室を引き下がった。

アレクサンドラは起き上がり、よろめく足どりで扉まで辿り着き、内鍵を下ろした。

再びベッドに戻り、なんとか気持ちを落ち着けて眠ろうと努めた。

だが、気が高ぶって身体はぐったりしているのに、目は冴《さ》え冴《ざ》えとしていた。

頭に浮かぶのは、ジョスランの顔、彼の声、彼の指や肌の感触——。

「……ふ」

アレクサンドラは指先で自分の唇を辿り、ジョスランのキスの感触を思い出す。

手のひらで顔を撫で、首筋、肩と、愛おしむように触れていく。

「ん……ん……」

乳房に自分の指を埋め、寝間着の上からゆっくりと揉みしだいた。

たちまち乳首がツンと尖り、薄物を押し上げて勃ち上がってきた。

「ぁ、あ、ぁ」

凝った乳首の先端を、指の腹で撫で回すと、甘い刺激で下腹部がずきんと疼いた。

「あぁ、は……ぁ」

ジョスランの繊細な指の愛撫を脳裏に思い浮かべると、全身がぞわぞわと総毛立った。

寝間着の前合わせを押し広げ、素肌に触れ、乳首を直にいじりだす。

鋭敏になった先端を指でくりくり抉ったり、指の腹で触れるか触れないかの力で擦ると、せつない疼きに背中が震え、隘路の奥が淫らな熱を持ち始める。

「ん、んん、あ、あぁ……ん」

左右交互に乳首をもてあそぶと、はしたない鼻声が漏れてしまい、媚肉がひくひく戦慄いてどうしようもない官能の飢えが昂ぶってくる。

「……はぁ、あ、ジョスラン……様ぁ……」

ジョスランに触れたい、触れてほしい。

目を閉じて彼の肉体を思い浮かべると、硬い筋肉の感触、熱い息遣い、汗の滴り、そして灼熱の欲望の形状まで生々しく感じられ、全身の血が沸き立つ。

「んふ……ふ」

おずおずと片手を下腹部へ下ろして行き、そろりと下生えの茂みをまさぐる。

自ら慰めるのは初めてで、少しだけ躊躇《ちゅうちょ》してしまう。

けれど、迫り上がってくる淫猥な欲望には勝てず、そろりと茂みの奥の秘裂に指を這わせた。

「あ、んんっ」

ぬるっと指先が滑る感触に、腰が浮く。

すでに陰唇はしっとりと湿り気を帯び、割れ目に沿って指を上下させると、痺れるような快感が子宮まで走った。

「はぁ、あ、ん、んんぅ……」

始めは遠慮がちに花弁を撫で摩《す》っていた。が、蜜口からとろりと淫らな蜜が溢れ、媚肉がもっと刺激を求めてびくつき出すと、アレクサンドラは耐えがたいくらいに劣情をもよおした。

思い切って、ほころんだ花弁の狭間につぷりと指を突き入れる。

「んんっ、んっ」

熱く熟れた蜜口に、ひんやりした指の感触が心地よく、背中が弓なりに反った。

「……は、はぁ、はあ……んん」

くちゅくちゅと粘ついた音を立てて、蜜口の浅瀬を掻き回すと、隘路の奥からどんどん新しい愛液が溢れてシーツにまで垂れてくる。

まだ触れてもいないのに、割れ目の上辺に佇んでいる秘玉がかあっと熱く充血して、触れて欲しくてじりじりする。

「……は、ぁ……」

そろりと興奮に尖りきった陰核に触れてみる。直後、びりっと雷にでも打たれたような鋭い快感が走り、びくんと腰が大きく跳ねた。

「ああっ、はぁっ、ああっ」

ジョスランにされたように、鋭敏な肉粒を円を描くようにゆっくりと転がすと、痺れるような愉悦がそこを中心にどんどん身体中に拡がっていく。

「は、あ、ぁ、悦い、あ……ん、あぁん……」

あまりに気持ちよくて、もはや手が止められない。

粘っこく指をうごめかせていると、秘玉は大きく膨れてきて、その張り詰めた表面を指の腹で撫で回すと、凄まじいまでの刺激が生まれてくる。

「や、あぁ、あ、だめ……あぁ、気持ち、悦い……っ」

腰が浮き、両足が自然と大きく開いて、身体がもっと刺激を求めてくる。

「あぁ、あ、や……すご……い、あ、あぁ、だめ……っ」

こんな行為、恥ずかしくてたまらないのに手が止められない。

蜜口から溢れる蜜を指で掬《すく》い取っては、快楽の塊のような花芽に塗りこめる。

陰核を転がすのと同じリズムで、凝りきった乳首もくりくりと抉り、時にきゅうっと摘み上げると、下腹部の疼きはますます激しくなった。

「はぁ、あ、来る……あっ、あ、も……あ、達く、あ、達きそう……っ」

秘玉への淫らな遊戯だけで、達してしまいそう。

でも、もっと奥が、ひくひくと戦慄いて、刺激を求めてくる。

そこにまで指を挿入れるのには、まだ抵抗があった。

惑っているうちに、陰核への刺激に限界が訪れる。

「ああっ、あ、だめ、もう、あ、達く、あ、達くぅうっ……っ」

シーツを爪先が足掻《あが》き、目の前がちかちかする。

「はぁっ、あぁぁっ、あぁ、あ」

鋭い悦楽が背中から脳芯まで駆け抜けた。

腰がびくびくと震えて、アレクサンドラは自慰で達してしまう。

「……はぁ、は、はぁあ、は……ぁ」

額にびっしりと汗が浮いた。

くたりとシーツの上に背中を沈め、呼吸を整える。

快感を極めたのに、媚肉の奥が物足りなげに収斂を繰り返している。

もっと欲しい。

何かで満たしてほしい。

欲しいのは、ジョスラン。

彼の太くたくましい剛直で、熱く焼《や》け爛《ただ》れた内壁をいっぱいに満たして欲しい。

「ああ、ジョスラン様……」

アレクサンドラは、内壁の飢えに耐えきれず、濡れ襞を掻き分けて中へ指を潜り込ませた。

「は……ぁあ」

ぎゅうっと蜜壺が指を締め付けた。

「ん、んんん……」

乱れた呼吸に合わせて、濡れ襞がきゅうきゅう収縮を繰り返し、アレクサンドラの指を奥へ引き込もうとする。

「あぁん、こんなの……」

アレクサンドラは、欲望のままにゆっくりと指を押し進めた。

熱い、ぬるぬる濡れていて、指を嬉しげに締め付けてくる。

こんなふうに、ジョスランの肉棒を受け入れていたのか。

自分の身体なのに、なんていやらしく猥《みだ》りがましいのだろう。

「……は、んあ、あぁ、ああぁん……」

アレクサンドラは自分の内壁の、気持ちいい箇所をまさぐる。

指を抜き差しするだけでも心地よいが、思い切って指の根元まで突き入れて、奥を押し上げるようにすると、さらにどうしようもなく感じ入ってしまう。

「んんんっ、あ、悦い、あ、溢れちゃう、あ、やぁ、どうしよう……っ」

奥を突き上げると、じゅわっと恥ずかしいほど大量の潮が吹き出して、自分の手も股間もはしたなく濡らす。

自分の内部がこんなにも潤っているなんて、信じられない。

愛蜜も潮も、後から後から吹き零れ、きりがない。

アレクサンドラは目をぎゅっと瞑り、指をうごめかしながら、ジョスランに抱かれている自分を想像した。

熱く激しく情熱的なジョスラン。

「あぁ、ジョスラン様、ジョスラン様ぁ……」

アレクサンドラは愛する人の名を連呼しながら、ぐちゅぐちゅと指を抽挿し続ける。

そのうち、自分でもひどく感じる部分がわかってくる。

恥骨のすぐ裏側辺りの、ぷっくり膨れた箇所を思い切って突き上げると、深い快楽が襲ってきて、頭が酩酊しそうになる。

いつもジョスランの長い指で押し上げられると、恥ずかしいくらいに乱れてしまう箇所だ。

「は……ぁ、あ、ジョスラン様、あぁ、もっと……ぁあ、もっと……っ」

自分の細い指ではあまりに刺激が足りず、アレクサンドラは指を二本に増やし、猥りがましい嬌声を上げながら、指戯に耽溺《たんでき》した。

濃密な快感で悦び慄きながら、アレクサンドラは胸に拡がってくる虚《むな》しい気持ちを感じていた。

ジョスランが欲しいのに——もう、彼と身体を重ねることはないのだ。

哀しみと悦びが全身を満たし、なお、快楽から逃れることはできなかった。

ぐちゅぬちゅと内壁を擦り立て、自分を絶頂に追いやっていく。

「いやぁ、こんなの、あ、ぁ、だめ、あ、ぁ、ジョスラン、様っ」

淫襞が貪欲に指に絡みつき、奥へ誘う。

思いきり最奥を突き上げて、ぐっと大きくイキむと、頭の中で火花が散って、目の前が真っ白に染まった。

びくんびくんと腰が大きく跳ね、全身が硬直する。

「やぁ、達く、あ、達っちゃ……あ、ああ、あぁぁあっ」

甘いすすり泣きを漏らしながら、アレクサンドラは絶頂を極めた。

「……はぁ、はっ、はぁ……」

肌が泡立ち、全身にどっと汗が吹き出す。

アレクサンドラは気だるい快感の余韻を味わいながら、ぼんやりとベッドの天蓋を見上げていた。

感じ入って零れた涙で視界が揺れる。

「ジョスラン様……好き、愛しています……会いたい……」

劣情は満たされたものの、心は空っぽで虚しさがいや増す。

アレクサンドラは目を閉じて、頭からジョスランの面影を追い払おうとした。

でも、できるわけがない。

精を出し尽くして、じわじわと睡魔が襲ってきた。

浅瀬の海に浮かんでいるような感覚で、浅い夢を見る。

広い無限に広がる真っ白い砂漠を、ジョスランと手を繋ぎ、どこまでも歩いていく。

逆光でジョスランの顔がよく見えない。

『ジョスラン様、ジョスラン様』

アレクサンドラは名前を呼ぶ。

こちらに顔を振り向けたジョスランが、片手を伸ばして優しくアレクサンドラの頬に触れる。

『可愛い私の乙女——愛している』

悩ましく色っぽい男の声。

アレクサンドラは胸がときめく。

『お願い、私の名前を呼んでください』

そう懇願すると、ジョスランは戸惑ったように動きを止める。

それから彼は、ゆっくり首を振った。

『知らぬ。あなたの名前を、私は知らない』

アレクサンドラは思わず、自分の名前を口にしようとする。

だが、どういうわけか、唇がぱくぱく動くだけで、声が出ない。

『私の名前は……』

ジョスランが怪訝そうな声を出す。

『どうしたのだ？　あなたの名前は？』

アレクサンドラは必死で自分の名前を告げようとする。

でも、できない。

掠れた呼吸音に、自分の名前が掻き消される。

アレクサンドラは、絶望感に目に涙が浮かんできた——。

そこで、ふっと目が覚めた。

ベッドの脇のたった一つ灯っていた明かりがいつのまにか消え、寝室の中は真っ暗だった。

何も見えない。

まだ身体の奥に、自慰で得た快楽の名残が残っている。

あまりに惨めな悦び。

アレクサンドラは両手で顔を覆い、唇を噛み締める。

（苦しい……いっそこのまま死んでしまいたい……）

もはや涙も涸れ果てていた。


国王アレクが過労で倒れたことをトラント王国に知らせると、すぐさま伝書鳩《でんしょばと》による速達返信が戻ってきた。

ジョスラン曰く、

「貴殿の容態が心配である。良い薬と滋養のある食べ物を持参し、見舞いのために、明後日には貴国に到着する。出迎えなどは無用である」

とのことだった。

アレクサンドラはジョスランの行動の素早さに驚き、戸惑う。

（そんな、わざわざ一国の国王が、重篤でもないのにお見舞いなんか来ることはないのに……でも――ジョスラン様に会えるんだわ……）

そんなにも、自分のことを心配してくれるジョスランの友情が嬉しい。

でも、よく考えればジョスランの本当の目的は、アレクサンドラが早く体調を戻して、共通通貨の実施が進められるようにするためかもしれない。

なににせよ、なるだけ体調を戻してジョスランを迎えようと、アレクサンドラは養生に務めた。自分でも現金なものだと思ったが、ジョスランに会えると思うだけで、心が浮き立ち生きるエネルギーが湧き出てくる。

ジョスランに少しでも心配をかけまいとする思いで、食欲も出て、体調はみるみる回復していく。

（成さぬ恋は苦しいけれど、愛する人に会える喜びは、なにものに代えがたいのだわ）

しみじみそう感じた。

二日後、約束の時間ぴったりにジョスラン一行が王城に到着した。

アレクサンドラはほぼ体調が回復したので、謁見室でジョスランを待ち受けていた。

呼び出し係が、

「トラント王国国王陛下の――」

と、言い終わる前に、謁見室の扉がいきなり開き、ジョスランが勢いよく飛び込んできた。

「アレク！　君、体調はどうなのだ？」

ジョスランは心から心配そうな声で、まっすぐ玉座に走ってくる。そしてそのまま、階を駆け上がろうとした。

「あ……」

風のように近づいてくるジョスランの勢いに、アレクサンドラは声を呑む。そして、そのすらりとした姿勢のいい姿に、心ならずも見惚れてしまった。

階の下で待機していた警護兵たちが、ジョスランの前で槍を交差し、それ以上通すまいとする。

「トラント国王陛下、無礼でありますぞ！」

警護兵の厳しい声も、ジョスランには聞こえないようだ。

「通せ！」

と、強引に警護兵たちを押しのけようとする。

アレクサンドラは慌てて警護兵たちに声をかけた。

「よい、陛下をお通ししろ」

さっと左右に警護兵たちが退き、ジョスランは大股で階を上ってきた。彼は息を乱し、ひどく青ざめた表情でこちらを見つめる。まるで、ジョスランの方が病人のようだ。

「アレク――心配したぞ。思ったより、顔色が良いな。だが、休んでいなくて大丈夫なのか？」

真摯な眼差しに、アレクサンドラの鼓動は高まってしまう。それを押し隠し、穏やかに微笑んでみせた。

「もうほとんど万全に戻っている。心配かけてしまったな」

ジョスランがほっと深く息を吐くのがわかった。

「そうか――よかった。だが、無理は禁物だ。君の家系は、もともとあまり丈夫なたちではないはずだ。私たちの間で、堅苦しい謁見や挨拶など無用。早く自室で休むがいい」

ジョスランが言い募るので、アレクサンドラは苦笑いする。

「わかったわかった。君はまるで私の口うるさい乳母みたいだな。部屋に戻って、君と少しおしゃべりでもしようか」

そう言って立ち上がろうとすると、ジョスランがさっと腕を添えた。

「部屋まで送ろう」

身体を寄せられ、ジョスランの纏うシトラス系の香水の香りに包まれると、アレクサンドラはくらくらと眩暈《めまい》がした。思わず足元がふらつく。

「いかん、アレク」

ジョスランに素早く横抱きにされた。

「きゃ……」

とっさに甘い悲鳴が出そうになり、慌てて口元を押さえる。

ジョスランはアレクサンドラを抱いたまま、さっさと階を下りていく。

アレクサンドラは体温がかあっと上がるのを感じたが、部下たちの手前、声を荒くした。

「君っ、下ろしたまえ。いつも私をこんな風に女子ども扱いするが、私の国王としての尊厳が丸つぶれではないか」

ジョスランは平然と歩いていく。

「尊厳より健康だ。君は凛《りん》としているくせに、どこか危なっかしくて、放っておけぬ」

「……心配してくれるのは、ありがたいが……」

「心配だ」

ジョスランが心から危惧しているような表情をするので、アレクサンドラは何も言えなくなってしまう。

耳朶まで血が上るのを感じる。

「……ありがとう。だが、やはり自分で歩くよ。下ろしてくれ」

「そうか――」

ジョスランはまるで壊れ物をあつかうみたいに、そろそろと床に下ろしてくれた。だが、背中に添えた手は離れない。

振り払うわけにもいかず、アレクサンドラはジョスランに介添えされるような形で、自室まで戻る。

ジョスランは物珍しげに、部屋の中を見回した。

「ここが君の部屋か。色気がないな」

アレクサンドラは揶揄《からか》われたのかと思い、むっと言い返した。

「国王の部屋に、色気など必要ないだろう」

ジョスランが白い歯を見せて笑う。

「そうかもな、寝室はどこだ？　もう休め」

「十分休んだ」

「強がるな。先ほどふらついていたではないか。無理矢理《むりやり》にも、ベッドに押し込むぞ」

つかつかとジョスランが近づいてくる。再び抱き上げられそうな勢いに、アレクサンドラはたじたじと言い返す。

「わ、わかったから、休むから」

ジョスランが深くうなずいた。

「うん。それでいい。では、私は国へ戻る」

彼がくるりと踵を返したので、アレクサンドラはあっけに取られた。

「今来たばかりではないか？」

ジョスランが肩越しに振り返り、爽やかに微笑む。

「そうだが、君の見舞いに来たのだ。君の容体がずいぶん良いようなので、目的は達した。もう帰る」

アレクサンドラは目を丸くする。

「まさか、それだけのために、国を空けて私のところへ？」

ジョスランの目元がかすかに赤く染まった。

「そうだ。腕に自信のある数名の護衛のみ引き連れて、馬を飛ばしてやって来た。だから、全速力で帰国する」

アレクサンドラが呆然としているうちに、ジョスランはさっさと部屋の扉を開けて出て行こうとする。

「待って――」

思わず呼び止めてしまった。

「ん？」

戸口のところで、ジョスランが振り返る。

優しい表情に、胸が掻き毟られる。

（もう少しここにいて、私の手を握って、キスして、抱きしめて――！）

そう叫びたかった。

喉元まで声が迫り上がる。

でも、すんでのところで、アレクサンドラはそれを呑み込んだ。

深呼吸し、にこりと笑う。

「お気遣い感謝する。君は最高の友人だ。どうか、道中くれぐれも気を付けて」

ジョスランの黒曜石色の瞳が、複雑な色合いに揺れた。

だが彼は、大きくうなずくと笑い返す。

「ありがとう。ではまた！」

マントを翻し、ジョスランは部屋を出て行った。

「ジョスラン……様」

一人残されたアレクサンドラは、小声で愛する人の名を呼ぶ。

なんとおおらかで思いやりに溢れた男だろう。

彼は素晴らしい友人。

それだけで、もう十分だ、と自分に言い聞かす。

恋人になれなくても、きっと一生の友になれる。それだけで——。

翌月。

トラント王国とゴーデリア王国で、共通通貨を試行的に使用する協定書が纏まった。

ジョスランは、両国での連携を深め共同声明を発表するために、再び来訪することになった。

今度はゴーデリア王国側からトラント王国へ赴くと言う申し出を、ジョスランは断ってきた。

アレクサンドラの体調を考慮して、自分が来訪すると主張した。

アレクサンドラは彼の気持ちを汲《く》み取り、承諾した。ジョスランがこうと決めたら、意志を曲げない頑固なところがあるのがわかっていたからだ。

今回は、先の突発的な来訪と違い、ジョスランも一軍隊を率いて豪華な馬車で威風堂々とやってきた。

アレクサンドラも、新たに作らせた純白の礼装を着て、ジョスラン一行を出迎えた。

実は、今までの礼装は王冠からマントまで含めると、重量が十キロを超えるもので、小柄で華奢なアレクサンドラの身体には、ひどく負担になっていたのだ。

そのために、ごく薄目の布に宝石類を縫い込ませず、金箔《きんぱく》を押して紋様を付けて軽いものに仕立てさせたのだ。

王城の正面門前で、ジョスランとアレクサンドラは硬く握手を交わす。

「とうとう、この日が来たな、アレク」

ジョスランの顔は興奮と期待に輝いている。

アレクサンドラも頬を紅潮させる。

「ああ、両国、ひいては大陸全体の新たな歴史の第一歩だね」

二人は顔を見合わせ、晴れ晴れと笑った。

ジョスランとアレクサンドラは、協定書に署名をし、来年早々から両国共通の貨幣を流通させることを確認し合った。

その後、王城の大広間に両国の重臣や関係者を一堂に介して、共同声明を発表することになる。

ジョスランとアレクサンドラは、並んで一段高い台の上に玉座を並べて座った。

あらかじめ、共同声明文は作成してあり、二人は交互に声明文を読み上げることになっていた。

立錐《りっすい》の余地もないほど関係者で埋め尽くされた大広間。

まず、アレクサンドラから声明文を読む。

流石《さすが》に緊張し、強張った表情で立ち上がろうとすると、そっと隣のジョスランの手がアレクサンドラの手を覆った。

「落ち着いて——なにかあれば、私が必ず補佐するから」

大きくて温かい手の感触に、アレクサンドラは心が落ち着いていくのがわかった。

「うん」

軽くうなずき、立ち上がる。

一歩前に出て、手にした声明文に目を落とした時だ。

並んで立っている関係者たちの背後から、黒ずくめの一人の男が、素早く飛び出してきた。

アレクサンドラがその者に気がつく前に、男は目にも留まらぬ速さで台に飛び乗った。

「アレク！」

ジョスランがさっと立ち上がる気配がする。

「⁉」

なにごとかと顔を上げた時、その曲者はアレクサンドラの礼装のマントを掴み、引き剥がしたのだ。

すると——。

ぶつぶつっと糸が切れる鈍い嫌な音がして、アレクサンドラが着ていた礼装がばらばらに解けてしまった。薄い布の服は、はらりはらりと周囲に飛び散った。

一瞬だが、アレクサンドラの素肌が露わになる。

まろやかな乳房が剥き出しになった。

「きゃあああっ」

アレクサンドラは悲鳴を上げ、両手で胸を覆ってその場に頽れた。

直後、ジョスランがさっと自分のマントでアレクサンドラを覆った。

「曲者を捕らえよ！」

ジョスランの怒声が広間中に響き、あちこちから両国の警護の兵士が飛び出してきて、すぐさま曲者を取り押さえた。

広間は騒然となった。

アレクサンドラはあまりのショックに声も出ない。

思考が停止して、身体ががくがくと震えている。

「アレク、一旦退場しよう」

ジョスランがマントごとアレクサンドラを抱え、台を飛び下りた。

「曲者を逮捕し、広間を封鎖せよ！　この中に居る者全員の確認を怠るな！」

ジョスランはてきぱきと命令を下すと、茫然自失《ぼうぜんじしつ》のアレクサンドラを王家専用の扉から連れ出そうとした。

その時だ。

「国王は、女性だったぞ！」

広間の中の何者かが、がらがらした声で叫んだ。

ざわっと広間の空気が揺れた。

アレクサンドラは心臓が止まるかと思うほどの衝撃を受けた。

その声に聞き覚えがあった。

思わず声のした方に顔を向けると、目の端に人混みに紛れようとしてるベルーナ公爵の姿が見えた気がした。

「女性⁉」

「まさか陛下が――」

「だが、一瞬だが女性の姿が見えたような――」

さらに広間は混乱と喧騒《けんそう》の渦に巻き込まれる。

「静まれ！　警護隊長、皆を静まらせろ！　余計な風評を流そうとする者は、躊躇なく逮捕せよ！」

ジョスランの朗々とした声が響き渡る。それから、彼はアレクサンドラの耳元で励ますようにささやく。

「行こう、アレク」

だが、もはやアレクサンドラは自分の足で歩く気力もなかった。目の前が真っ暗になり、ジョスランの腕に縋《すが》るのがやっとだった。

第五章　そして、ほんとうの自分へ

気がつくと、自室のソファの上に横たわっていた。

すっぽりとジョスランのマントが身体を覆っている。

「ああ、お気づきになりました」

コリンヌの声が頭の上から聞こえ、アレクサンドラは瞼を上げる。

「コリンヌ……？　私……」

コリンヌが傍に跪いて、泣きそうな顔でアレクサンドラの顔を覗き込んでいる。

「何もおっしゃらないで。すぐにお着替えをお持ちします」

彼女は立ち上がると、部屋の隅にいた人物に声をかけた。

「どうか、姫君を頼みます」

「わかった。誰にも指一本触れさせぬから、安心しろ」

ジョスランの声だ。

コリンヌが素早く部屋から出て行った。

アレクサンドラは、マントにくるまったままのろのろと身を起こした。

ジョスランがゆっくりと近づいてくる。

慌てて顔を背け、声を振り絞った。

「近づかないで！　私を見ないで！」

悲痛な声に、ジョスランは足を止め、じっとこちらを見ている。

こんな惨めな姿をジョスランに見せたくなかった。

アレクサンドラは屈辱と恐怖と悲しみで頭がごちゃごちゃになり、小刻みに肩が震えて止められない。

ジョスランが小さくため息をついた。

「酷い目に遭ったね。アレク——いや」

彼は少し躊躇してから、小声で言った。

「アレクサンドラ王女」

「⁉」

アレクサンドラは、全身から力が抜けていく気がした。

目に涙が浮かぶ。

顔を伏せて、ジョスランの視線から逃れようと身体を丸めて背を向ける。

ばれてしまった。

一番知られたくない人に――。

事情はどうであれ、結果的にジョスランをずっと欺いてきたのだ。友人としての彼の信頼も、これで失われてしまったろう。

どれほどジョスランは失望し落胆しているだろう。

合わせる顔がない。

それに、公にも自分が女性であることが流布されてしまった。

国の混乱も免れない。

なにもかも終わりだ、と思った。

「う……ぅ……」

マントに顔を埋め、嗚咽を噛み殺す。

すると、そっと肩に触れられた。

「今まで、さぞや辛く苦しかったろう。アレクサンドラ」

あまりにも優しく慈愛に満ちた声に、アレクサンドラは思わず振り返った。

すぐそこに、ジョスランの顔があった。

彼はアレクサンドラを庇うように、床に膝を折ってソファの背もたれに片手を置いてこちらを覗き込んでいる。

「君を守って上げられなかった——不甲斐《ふがい》ない私を、許してほしい。亜麻色の髪の乙女は、君だったんだろう？」

「……ジョスラン……様？」

涙がぼろぼろ溢れる。

「知って……おられたのですか？　私のこと……いつから……？」

ジョスランは密やかな声で答える。

「あの鹿狩りの日、曲者に襲われて君を抱き上げた時、あまりに華奢で柔らかくて、よもや女性では？　と思った。その夜、亜麻色の髪の乙女に逢《あ》った時、そのシミひとつない綺麗な背中に、青い打撲の後を見つけた。君が昼間、狩場で背中を打ったのを知っていたらね。それで、疑念は余計に深まった。亜麻色の髪の乙女に会うたび、君が彼女ではないか、と思った。だって、彼女は君の居るところに必ず現れる。私はやがて確信を持ったよ」

アレクサンドラは、せつなさに胸がきゅうっと痛んだ。

あやすようにジョスランがアレクサンドラの肩を摩る。

「それで、私は密かに君の国の事情を調べさせた。昔、一度だけお会いしたことのあるアレクサンドラ王女の情報が、現在はまったく無いことを知り、王女の側近や侍従たちの中で、今でもずっと国王に仕えているひとりの侍女に、密かに接触を試みたんだ。そう、確か、あの砂漠での五大国会議の直前だった。私の天幕に、その侍女だけを呼び出した」

「コリンヌ、に？」

「そうだ――誠意を込めて話をしてみたら、君に心から心酔しているらしい彼女は、泣きながらすべての事情を話してくれたよ。気の毒な兄上に代わって、いたいけな王女の君が国王として即位し、男性として生きていかねばならぬ過酷な運命を――私は知ったのだ」

アレクサンドラは、砂漠での別れの時、ジョスランがなかなか抱いた腕を離そうとしなかったことを思い出す。

では、あの時にはもう、彼は女性と知っていてアレクサンドラに対峙《たいじ》していたのだ。どれほど彼も辛かったろう。本当は、アレクサンドラの肩を揺さぶって真実を追及したかったろう。そう思うと、ジョスランの強い自制心に感謝しかない。

アレクサンドラは涙を拭い、ジョスランの顔を見上げた。

「ごめんなさい……あなたを、騙して」

ジョスランが首を振る。

「いや、君が余程の事情と覚悟で国王になっているのだろうと思うと、追求できなかった。だから、君をずっと守ろうと決意したんだ。こんなにも儚い姿で、大国を背負っている君を、私こそが守らねば、そう思ったんだ」

「ジョスラン様……」

ジョスランがまっすぐ見つめてくる。

「愛しているから……どうしようもなく、愛してしまったから」

「っ……」

アレクサンドラは嗚咽で言葉が出ず、ジョスランの胸に顔を埋めてすすり泣いた。

ジョスランがその背中を愛おしげに撫でる。

「今まで、さぞ苦しかったろう。ほんとうは毎日君のそばにいて、君を助けてあげたかったか。君への書簡の最後に、『愛している』と、何度も書き込みそうになった。あの五大国会議の時、君が勇敢に凛々《りり》しく私を助けてくれて、どんなに嬉しかったか。別れの抱擁で、君を二度と離したくないと、切実に願ったか。君が過労で倒れたと知り、矢も盾もたまらず、君の元へ飛んで行った。こんな小さな身体に、重い秘密と責任を抱え、見守るだけの我が身が、なんともどかしいと思ったことか――」

聞いているうちに、アレクサンドラは我慢できなくなって、声を上げて泣き出す。

「ううっ、ジョスラン様、ジョスラン様……っ」

ジョスランがぎゅうっと抱きしめてくれる。

震える背中を撫でながら、髪に顔を埋め優しくささやく。

「アレクサンドラ――アレクサンドラ」

ああ、どんなにこの名前で呼んでほしかったろう。

せつなくて嬉しくて、絶望の淵《ふち》に立たされているはずなのに、身体中に幸福感が満ちてくる。

ひとしきり泣きじゃくったアレクサンドラは、そっと顔を離し、濡れた目でジョスランを見つめた。

「ずっと、ずっと、好きでした……愛していました。そう、あの幼い時の最初の舞踏会での出会いの時から……」

ジョスランも熱っぽい眼差しで見返してくる。

「私もだ。あの時から、君に心惹《ひ》かれていた。そして、君の面差しを宿していた亜麻色の髪の乙女に恋して――」

二人の唇が、どちらからともなく寄せられ、ぴったりと重なった。

「ん……」

熱く濡れた彼の舌が、そろりと口唇をなぞり、背中が甘い悦びに震えた。

唇をそっと開き、ジョスランの舌を招き入れる。

「んふ……ふぅ……ん」

ジョスランの舌が歯列をなぞり、歯茎から口蓋まで味わうみたいに舐め回す。やがて、アレクサンドラの舌を捉え、強く絡めてくる。

こちらからも応えるように、舌を擦り合わせジョスランの唾液を啜《すす》る。

「……は、んんっ、はぁ、あ……」

頭が陶酔してぼうっとする。

こんな幸福なキスは、初めて出会った時のキス以来かもしれない。

労わるような、でも強く求めてくる深く情熱的なキスを、心ゆくまで堪能する。

長い長いキスが終わった時には、アレクサンドラは頬を染め、くったりとしてジョスランの腕の中にもたれていた。

幸せで、身も心もとろとろに蕩けてしまう。

と、ふいに扉がけたたましく叩かれた。

着替えを抱えたコリンヌが、真っ青になって飛び込んできた。

「ひ、姫君――大広間で、人々が騒いでおります。国王を出せと。どうやら、ベルーナ公爵が扇動しているようです！」

ジョスランとアレクサンドラは、はっと我に返った。

コリンヌはへなへなとその場に頽れる。

「もはや、警護兵たちだけでは押さえきれない模様です。姫君、閣下、お二人のお力で、なんとか人々を鎮めてくださいませ！」

アレクサンドラは現実に引き戻され、心臓がぎゅうっと痛むほど緊張が高まってきた。

「そうだわ……どうしたらいいの？　国を混乱に巻き込みたくないのに……ジョスラン、私はどうすればいいのですか？」

縋るようにジョスランを見上げる。

彼は落ち着いた態度で答える。

「簡単なことだ。きみが女王として、この国を治めればいい」

アレクサンドラは悲しげに首を振る。

「この国では、男子しか王の座に就けないのです」

ジョスランはかすかに口の端を持ち上げる。

「それでは──致し方ないな」

彼はすっくと立ち上がる。

「私と君で、大広間に出て行こう」

ジョスランの表情は、なにかを強く決意したように厳しい。

アレクサンドラはその頼もしさに、ジョスランの意のままに従おうと決意する。

「はい——コリンヌ、着替えを……」

コリンヌがよろよろ立ち上がる。彼女はアレクサンドラに問う。

「こ、国王の服装と、ドレスと、両方ご用意いたしましたが、どちらをお召しに——？」

「ドレスだ」

ジョスランがきっぱりと言った。

アレクサンドラは目を見張る。

こちらに顔を振り向けたジョスランは、射るような眼差しでアレクサンドラを見つめた。

「装飾品もすべて身に着け、髪も豪華に結い、最高に美しく装うんだ。アレクサンドラ、ほんとうの君の姿を皆の前に見せつけるんだ」

アレクサンドラはゴクリと唾を呑み込んだ。

ドレス姿で出て行ったら、どれほどの非難を浴びるだろう。事態はますます混乱してしまうのではないか。

だが、賢明なジョスランがそう言うのだ。

彼を信じよう。

「わかりました——コリンヌ、他の侍女たちも呼んで、大急ぎで支度しましょう」

半刻後。

アレクサンドラは真紅の華麗なドレスに身を包んだ。胴衣はあくまでぴったりし、細い腰を強調し、スカートは大輪の薔薇の花のように、幾重にも重ねたレースのペチコートが大きく広がっている。豊かな金髪を美しく巻き髪にし、大粒のルビーのイヤリングにネックレスを飾り、化粧を施して鮮やかな緋色の口紅を塗った。

しばらく女らしい恰好《かっこう》をしていなかったので、果たして自分がこの豪華なドレスを着こなしているのかどうか確信が持てない。

「ああ、素晴らしい出来栄えだ。アレクサンドラ、美の女神が降臨したようだよ」

支度ができたアレクサンドラの姿に、ジョスランは感嘆の声を上げる。

愛する人に手放しで褒められると、アレクサンドラは女性としての自信が蘇ってくるような気がした。

すぐにジョスランは表情を引き締めると、すっと腕を差し出した。

「では——いざ、参ろう」

「はい」

アレクサンドラはジョスランの腕に自分の手をあずけた。

二人は並んで廊下から、大広間に向かう。

長い廊下をまっすぐ前を見ながら、ジョスランが声を低くした。

「この先には、興奮した群衆が待っているだろう。おそらく、扇動者もね。アレクサンドラ、今こそ君の力が必要な時だ」

アレクサンドラははっとする。

「ジョスラン様、あなたはなにか考えがおありなのね？」

ジョスランがにこりとする。

「さすがに一国を治めてきたひとだ。聡《さと》いね。これから、私の話すことをよく聞いてくれ」

「はい」

アレクサンドラはひと言も聞き漏らすまいと、ジョスランの顔を凝視した。


大広間に近づくにつれ、そちらから人々の喧騒が響いてきた。

扉を大勢のゴーデリア国の警護兵たちが押さえている。

彼らを指揮していた兵長が、ジョスランとアレクサンドラの姿を見ると、安堵したようにこちらに顔を振り向けた。

「ああ、陛下――よくぞ、お戻りに――」

アレクサンドラのドレス姿に、兵長は途中で声を呑んでしまう。

アレクサンドラは鈴を振るような澄んだ声を出す。

「兵長、ご苦労でした。中に入り、私たちが出ていくことを皆に伝えなさい」

アレクサンドラの凛《りん》として威厳のある態度に気圧《けお》されたように、兵長は慌てて扉を開いて、大広間に飛び込んでいった。とたんに、うわーんと耳鳴りがするほどの人々の騒々しい声が襲ってくる。

「静粛に、静粛に！　両国の陛下が御成《おな》りだ！」

兵長の怒鳴り声に、大広間は一瞬静まり返った。

扉の前まで来ると、ジョスランの腕にぐっと力が篭《こも》った。

「行こう」

「はい」

アレクサンドラは脈動が速まるのを止めることができなかったが、愛するジョスランと一緒なら、何も怖くないと思った。

二人揃って大広間に入ると、玉座のある台の上にベルーナ公爵がふんぞり返って立っていた。彼はドレス姿のアレクサンドラの見ると、一瞬驚いたようだが、すぐに侮蔑の表情を浮かべる。

「これは陛下――おっと、王女殿下でしたな。化けの皮が剥《は》がれたので、本来のお姿にお戻りになったか？」

ベルーナ公爵の無礼な口調にもアレクサンドラは無言で、ジョスランに手を取られたまま、まっすぐ台の方に歩いて行く。

人々は、あまりにも美麗で気品のあるアレクサンドラの姿に息を呑んで声を失う。

ベルーナ公爵の前まで来ると、アレクサンドラは威厳のある口調で言った。

「ベルーナ公爵、あなたは無期限で自宅謹慎の命令を出したはずです。なぜ、このような場所にいるのですか？　直ちに自宅へ戻りなさい！」

ベルーナ公爵はアレクサンドラの堂々とした態度に、たじたじになったが、すぐに不遜な態度を取り戻す。

「ふふん、あなたはもはや国王ではない。あなたの命令はきかぬ。女は立ち去るがいい」

すると、大広間のあちこちからベルーナ公爵に賛同する声が上がった。

「そうだそうだ！」

「よくも国民を騙したな！」

「女は出て行け！」

おそらく、ベルーナ公爵の息のかかった者たちなのだろう。

大広間が再び騒然となってくる。

アレクサンドラは唇を噛んで、おし黙る。

ベルーナ公爵は言い負かしたと思ったのか、太鼓腹を揺すって胸を張った。

「なるほど、女だてらに国王の座に就いていた王女は、追放というわけか、ベルーナ公爵」

ふいに、それまで沈黙していたジョスランが口を開いた。

ベルーナ公爵は不快そうにジョスランを見遣《みや》る。

「まあ、そう言うことです、トラント国王陛下。あなたには申し訳ないが、この国のことはこの国で片付けます。陛下は帰国なさるがよろしい」

「ふむ、では今、この国は国王が不在というわけだ」

ジョスランは目を眇《すが》めてベルーナ公爵を睨んだ。

その鋭い眼光に、ベルーナ公爵は慌てて付け加える。

「そ、そうだが、すぐに新しい国王を選出するので心配ご無用。例えば、王家の遠縁の血筋を引く私などが後継者に――」

「では、統治者のいない国など、私が奪うまでよ」

ベルーナ公爵に最後まで言わせず、ジョスランは突然、さっと片手を挙げ、大広間中に響き渡る声で言った。

「たった今から、このゴーデリア王国は、我がトラントの配下になる！」

とたんに、あちこちに待機していたらしいトラント側の警護兵たちがすらりと剣を抜くと前に飛び出し、玉座の台をぐるりと囲んだ。

ベルーナ公爵は驚愕したように細い目を見開いた。

「な、なにを、なにをなさる⁉　陛下⁉」

ジョスランはにやりと口の端を持ち上げた。

「今言った通りだ。私がこの国を征服するというのだ。皆、城の周りを見るがいい」

ジョスランが一人の兵士に合図すると、彼は大広間のバルコニーに面した大きな窓をぱっと左右に開いた。

とたんに、うわーっという大勢の兵士たちの鬨《とき》の声が飛び込んできた。

「なんだ⁉」

「どうしたというのだ⁉」

ゴーデリア国の人々は混乱したように、窓からバルコニーへ殺到した。

「ああっ⁉」

人々が驚きの声を上げる。

馬のいななき、進軍ラッパの音、青くはためく無数のトラント王国の軍旗。

いつの間にか、王城はトラント王国の軍隊に取り巻かれていたのだ。

きゃーっと貴婦人たちが悲鳴を上げて、逃げ惑う。中には衝撃のあまり、気絶して倒れる者までいた。

男たちは呆然としたり、うろたえたり、右往左往している。

ゴーデリア国の警護兵たちは、指示がないので呆然と立ち尽くしたままだ。

ベルーナ公爵は真っ青になって、がなりたてる。

「お、落ち着け！　落ち着くのだっ！　鎮まれ！」

だが、もはや誰一人ベルーナ公爵の声を聞こうとする者はいない。

すると、ジョスランが台に上がってきた。

彼はまっすぐベルーナ公爵を見据え、冷静な声を出す。

「さて、貴公が国王の後継者になるとおっしゃったが、この場で、私と交渉の座に就く気はあるかな？」

ベルーナ公爵の顔からみるみる血の気が引く。

「こ、交渉――？」

ジョスランが畳み掛ける。

「この国を占領するにあたって、我が国に降伏するか否か？」

「く――」

ベルーナ公爵は返答に詰まり、わなわなと紫色になった唇を震わせるのみだ。

「降伏はいたしません！」

アレクサンドラの澄んで凛とした声が、大広間に響いた。

逃げ惑っていた人々は、はっとして動きを動きを止める。

アレクサンドラはこつっとヒールの音を響かせ、台に上がった。

そして顎を引いて、ジョスランをキッと睨む。

「トラント国王陛下、お忘れですか？　我が国と陛下の国は、友好条約を結んでおります。その第二条に、いかなる時でも侵略は行わない、と明記されています」

ジョスランが目を瞬いて、口を閉じた。

アレクサンドラはさらに続ける。

「第九条には、互いの国の危機には、出来うる限りの助力を惜しまぬことと、記されています。それが、今です。ゴーデリア国は今、国王不在、未曾有《みぞう》の危機に見舞われているのです」

大広間中が水を打ったように静まり返った。

アレクサンドラはよどみなく言葉を紡ぐ。

「ですから、トラント国王陛下。あなたは速やかに軍を引き、我が国の危機回避に協力をすべきなのです」

「――」

アレクサンドラとジョスランはひたと見つめ合う。

大広間の人々は、見えない火花が散るような二人の視線の絡み合いに、息を潜めて見守っている。

ふっと、ジョスランが目線を外す。

「確かに、王女殿下の言う通りだ。不可侵条約を破れば、共通通貨の協定も破棄されることになるのだろうな?」

アレクサンドラはきっぱりと言う。

「そうです。そしてそうなれば、トラント国王陛下の大陸統一の野望も潰えましょう」

ジョスランが、芝居がかった感じで肩を竦める。

「――わかった」

アレクサンドラに顔を振り向け、ジョスランはうなずいた。

「我が軍は、引き揚げさせる」

期せずして、おおっと、人々の間から歓声が沸く。

大広間全体に安堵の空気が流れた。

と、その時だ。

ジョスランが唐突にその場に膝を折ったのだ。

彼は両手をアレクサンドラの方に差し出す。

「アレクサンドラ王女、あなたのごとく、優れた美と叡智を持った女性を私は他に知らない。私はあなたが気に入った。あなたが王位を失った今、この国におられる意味がなければ、ぜひ、私の妻になって我が国に来てくださらないか？」

突然の求婚に、人々がどよめいた。

アレクサンドラはまっすぐジョスランの目を見つめ、わずかに微笑む。

そして息をゆっくり吐くと、片手をジョスランの手に預けた。

「トラント国王陛下、お受けします」

その直後である。

「待たれよ！」

わらわらと、その場にいたゴーデリア王国の重臣たちが駆け寄り、台の下に這いつくばったのだ。

「あいや、お待ちあれ！」

「王女殿下、しばし！」

アレクサンドラとジョスランは手を重ねたまま、重臣たちを見遣った。

年配の重臣が、必死の形相で訴える。

「王女殿下、今、あなた様に去られたら、我が国は滅亡の危機に追いやられてしまいます。そもそも、あなた様を王太子殿下の身代わりに王位に就くよう懇願したのは、私たち臣下です！　責任は、我々全員にある。どうか、どうかこの国にとどまりくださるよう、伏して、お願い申し上げます！」

彼の言葉に続くように、他の重臣たちも口々に訴える。

「王女殿下をおいて、他国と対等に振る舞えるお方は、いない！　どうぞお考え直しを！」

「王女殿下、あなたこそこの国に必要なお方です！」

「どうか、どうか、我が国にとどまってください！」

アレクサンドラは彼らの真剣な声に、胸を突かれた。

「皆……」

感動で声が掠れた。

台の隅で、がたがた震えていたベルーナ公爵が怒鳴った。

「だ、大臣たち、王女だぞ！　女性だぞ！　この国の王位継承の規範を忘れたのかっ」

「――では、新たな規範を作ればいいだけではないのか？」

ジョスランが、静かだが深みのある声を出す。

皆が一瞬気圧されたように口を噤む。

彼はゆっくりと立ち上がると、アレクサンドラの手を取ったまま、平伏している重臣たち及び大広間にいる人々全体に向かって、朗々と声を張った。

「大陸統一を目指し、これからは、男女年齢にかかわらず、真に能力のある者は、ふさわしい地位にいるべきではないのか？　それとも、この中のどなたかが、アレクサンドラ王女以上の才覚で、この私を説得してみるか？」

大広間が水を打ったように静まりかえる。

ジョスランは言葉を続ける。

「さらに言えば、アレクサンドラ王女が国王として統治していた間、この国は何ごともなく、平和に豊かに保たれていたではないか？　いや、逆にずっと進歩的な国になったと言える」

「——一言もありませぬ、トラント国王陛下」

年配の重臣が口を開いた。

彼は、背後に居並んで平伏している他の重臣たちを振り返った。

「緊急御前《ごぜん》会議を開こう。王室規範の見直し動議を、提案する」

他の重臣たちが大きくうなずく。

「同意」

「異議なし」

年配の重臣が、アレクサンドラの方に向き直り、深々と頭を下げた。

「どうか、王女殿下。御前会議にご出席願います。我ら一同、伏してお願い申し上げます」

アレクサンドラは目を潤ませ、隣に立つジョスランを見上げた。

彼がこくんとうなずく。

「わかりました。話し合いの席につきましょう」

アレクサンドラは穏やかな口調で答えた。

「――王女殿下、万歳」

どこからか、感嘆の声が上がる。

その声は、さざ波のように大広間中に拡がっていく。

「王女殿下、万歳！」

「王女殿下の元、ゴーデリア国に栄えあれ！」

「王女殿下、万歳！」

歓声はやがて大きな渦となり、アレクサンドラとジョスランを包んだ。

「あ……あ、ジョスラン様……」

アレクサンドラは感動で胸がいっぱいになり、ぎゅっとジョスランの手を握った。

「よくやった、アレクサンドラ――」

ジョスランが力強く握り返してくる。

「君は素晴らしい女性だ。私の誇りだ」

黒曜石色の瞳が真摯に見下ろしてくる。

「ジョスラン様……あなたこそ、私の誇り――愛しています」

アレクサンドラは気持ちを込めて言葉を返す。

「私も、愛している」

いつまでも終わらない歓声の中、二人はひたと見つめ合っていた。


その後。

その日のうちに、緊急に開かれた御前会議で、王室規範は改正されることとなる。

それまでの、王位は王家の男子のみが継承するという項目は、男女の区別なくその地位にふさわしい王家の人間に、貴族議会の賛同を得て与えられるというように改められたのだ。

そして、新たな規範が成立した直後、すぐさま貴族議会が収集され、満場一致で王女アレクサンドラが王位継承者として指名されたのだ。

翌日には、王太子アレクがすでに逝去していた事実と、アレクサンドラが女王としてこの国を治めることが、公に発表されることとなった。

すべては、ジョスランの計画通りだった。

彼はアレク国王がアレクサンドラだと知ってから、彼女を救うべく、じょじょに内外に手回しをしたのだ。アレクサンドラが疲労で倒れたのを機に、ジョスランは一気に事態を動かすことに決めた。

二カ国共通通貨の協定書の調印と共同声明の場で、ジョスランは密かに率いてきた自国軍隊を使い、強硬手段でもアレクサンドラを救おうと考えていた。当初は、アレクサンドラを攫って、トラント王国に連れ帰ってしまうことも辞さない構えだった。

だがその前に、ベルーナ公爵の陰謀の情報を手に入れたジョスランは、アレクサンドラの意を汲《く》んだ作戦を遂行しようと考え直した。

なぜなら、ジョスランはアレクサンドラの王としての才覚に感服していたからだ。

愛しているから、有無を言わさず自分の庇護《ひご》のもとに置きたいと願ったが、それ以上に、愛しているからこそ、アレクサンドラの本当の生き方と幸せを考えてやりたかったのだ。

そこで、アレクサンドラに計画のすべてを打ち明けた。

彼女は承諾した。

アレクサンドラはきっぱりと言ったのだ。

「ジョスラン様、あなたを心から愛しています。でも、同じくらい、私は自分の国を愛しているのです。国王という地位について、はっきりわかりました。私は、亡き父上と兄上の遺志を継ぎたいのです」

その時のアレクサンドラの表情は、ジョスランが今まで見た中でも、一番崇高で美しかった。

ジョスランは決意する。

愛する人の望み通りにしよう、と。

同じ日の深夜。

アレクサンドラは王城の屋上で、ジョスランと並んで星を見上げていた。

「いろいろと、大変な一日だったな」

ジョスランは労わるように、アレクサンドラの肩を優しく抱く。

「はい……怒涛のようなことばかりで、まだ頭がぼうっとしています」

アレクサンドラは満天の星を見つめて、ほっとため息を吐く。

「君を襲った曲者は、ベルーナ公爵の回し者だったそうだね」

「はい――王室警察の厳しい追及の結果、自供しました。曲者の自供を知ると、ベルーナ公爵も観念して、白状したそうです。私の服に細工させたのも、ベルーナ公爵の企《たくら》みだったそうです。すべては、王位を手に入れたいがための、策略だと……ベルーナ公爵は反逆罪で、その場で逮捕されました」

ジョスランは大きくうなずいた。

「そんなところだろう。おそらく、鹿狩りの時に、私たちを襲わせたのもその公爵だろうな。もっと追及すれば、様々なボロが出てくることだろう」

アレクサンドラは、危うくベルーナ公爵に手籠《てご》めにされるところだったことを思い浮かべ、ぞくっと肩を震わせた。

「私……ベルーナ公爵を、遠縁だということで自分の味方だと信じ込んでいました。やはり、私には甘いところがあるのです」

アレクサンドラはジョスランに顔を振り向け、思い詰めたような表情で言う。

「自分で望んだ王位ですけれど、果たしてこれから私に務まるのでしょうか？　とても、不安です」

ジョスランはせつない表情になり、強く抱きしめてきた。

「アレクサンドラ——こんな細い頼りない身体で、大国を引き受けようと決心した君が、誇らしく、でも痛々しい。私は辛い——」

彼はアレクサンドラの髪や額に、何度もキスを繰り返す。

それから、彼は表情を改めて、真剣な眼差しになる。

「聞いてくれるか？　アレクサンドラ——これは、今まで誰にも話したことがない。我が王家の秘密だ。君だけには打ち明けたい」

アレクサンドラは、ジョスランの決意に満ちた顔つきに、はっと姿勢を正した。

「はい——」

ジョスランは、アレクサンドラの手を握ると、ひと言ひと言考えるように口にした。

「私は、生まれた時、双子だったのだ。双子の弟がいたのだ」

「えっ？」

アレクサンドラは目を見張る。

なぜなら、ジョスランは公には、ずっとただ一人の長子であるということだったからだ。

ジョスランは長い睫毛をわずかに伏せる。

「だが、王家に同い年の後継の男子が二人いては、後々、王位争いのもと、災いの種になるやもしれない。それで、父上と重臣たちは、片方の子どもを抹殺することにしたのだ」

「⁉」

恐ろしい話に、アレクサンドラは血の気が引いた。

ジョスランは震えてきたアレクサンドラの手を、優しく握りしめる。

「抹殺するのは、どちらの赤子でもよかったのだ。たまたま、生き残ったのが私だったのだ。哀れな双子の弟は、生まれ落ちてすぐ、命を奪われてしまったのだ」

「ああ……なんて、酷い……酷いことを……」

痛まし過ぎる話に、アレクサンドラは胸が掻き毟られ、涙が溢れてきた。

もしかして、自分も男子だったら、同じように命を奪われていたのかもしれないのだ。

ジョスランも悲痛な表情になる。

「このことは、父上と王室付きの医師、そしてごくわずかな重臣たちだけの秘密だった。だから、私も知らずにいた。生まれた時から、自分は一人っ子だと、信じて疑わなかったのだ」

「……では……どうして？」

ジョスランは端整な顔に、苦悩の色を浮かべた。

「母上は、私が七歳の時に病気で身罷られた。その時、母上が私に遺《のこ》した日記に、失われた双子の弟のことが記されていた。母上は、ずっとそのことで苦しんできたのだ。最後に、母上は私にだけはほんとうのことを伝えたかったのだろう」

「そんな、ジョスラン様がお気の毒すぎます……ひどい！　そんな酷い事実を、何も知らなかったジョスラン様に負わせるなんて……！」

アレクサンドラは、まだ幼いジョスランが、どんなに傷つき衝撃を受けたろうと、我が事のように心が痛んだ。

ジョスランは、アレクサンドラの心のこもった言葉に、顔を上げて微笑む。

「ありがとう。あなたはほんとうに優しい——私はね」

彼はしみじみした口調で言う。

「もしかしたら、生まれた時に命を奪われたのは、私の方だったかもしれないと、知って、自分が成長したら、拾い物の命をかけて、この世界をよくしていこう、そう自分に誓ったんだ。失われた弟のためにも——」

アレクサンドラは感動に打ち震え、ジョスランの手を握り返す。

「そうでしたか……だから、ジョスラン様は、いつでも国のことや大陸全体のことを真剣にお考えだったのですね……」

それから、アレクサンドラは真摯な眼差しでジョスランを見つめた。

「私、ジョスラン様のお力になりたい。あなたと二人で、あなたの大きな夢をかなえたい……」

ジョスランの表情がせつなさそうに歪《ゆが》んだ。

彼はぎゅっとアレクサンドラの身体を抱きしめてきた。

「このまま私の国に君を攫っていきたい。いつもいつも私のそばに君を置いて、この世の苦しいこと悲しいことから、全部守ってやりたいのに――」

愛に溢れる言葉に、アレクサンドラは胸が掻き乱される。

「ジョスラン様……！」

どんなに攫ってほしいか。

何もかも捨てて、愛する人についていきたい。

激しい愛情と熱い身体に包まれて、女としての幸せだけを甘受したい。

けれど――。

これは運命なのだ、と思う。

後継のいない王家に生まれてしまった運命。

否応無しに国王の身代わりにされ、王政を執っているうちに、アレクサンドラの中に強く芽生えた王族としての誇りと責任感。

運命から逃げてはいけない、と心が告げる。

でも、運命に負けてもいけない。

「ジョスラン様、ジョスラン様、愛しています、愛しています。生涯かけて愛している。だから、だから、待ってください……」

ジョスランがわずかに身体を離し、アレクサンドラの細い顎に指をかけて仰向かせ、視線を合わせた。

アレクサンドラは、涙が溢れてくる。

「いつか、いつか、きっと、私がこの国に必要なくなる時がまいりましょう。その時には、私は迷わず、身一つであなた様のところに飛んで行きます。だから、その時まで、待っていてくださいますか？」

ジョスランの黒曜石色の瞳も、心なしか濡れているように見えた。

「待っているとも。私は、ずっとあなただけを愛し、待っている。なに、女性としての君を待つなら、いかほどのことでもない。なぜなら——」

「？」

言葉を切ったジョスランに、アレクサンドラはもの問いたげに首を傾《かし》げた。

ジョスランはかすかに白皙の頬を染め、ふっと笑う。

「もし、ベルーナ公爵の陰謀やこのような事件が起きなかったら、あなたは長い年月を国王として男として、生きていたかもしれぬ。私は、それでも構わぬと思っていたこともあるのだ。ずっとよき友として、あなたを支え続け、見守ろうと。何十年かかろうと、女性に戻れる日まであなたを待とうと。いや、生涯、待っていてもいいとすら思った」

「っ……」

強く深い言葉に、アレクサンドラは声を失う。

なんて大きな愛情だろう。

こんなにも心広く優しい男性を愛し、愛されたのだ。

アレクサンドラの胸に誇らしさと恋情が、濁流のように流れ込み溢れてくる。

「ジョスラン様、お願いがあります……」

「なんだ？」

彼の黒曜石色の目がじっと見つめてくる。それだけで、身体中の血が熱く滾ってくる。

「今夜……アレクサンドラとして、抱いてください」

「アレクサンドラ――」

ジョスランが密やかなため息を漏らす。

「一晩中、朝まで……ずっとずっと、一緒にいたいの」

はしたない願いかもしれないが、口にせずにはいられない。

これまでは、幻の亜麻色の髪の乙女として、抱かれてきた。

刹那の行為、ひと夜の逢瀬――甘い囁《ささや》きも抱擁もなかった。

悦びが深いほどに、ジョスランを騙していることへの後ろめたさも深かった。

だから――。

今やっと、一人の恋する乙女として、アレクサンドラ自身として、愛して欲しかった。

凝視していたジョスランの顔がゆっくり寄せられ、唇が重なった。

ちゅっと軽い音を立てて、唇が離れ、この上なく優しくささやかれる。

「わかった、アレクサンドラ」

ジョスランはそう言うや否や、アレクサンドラの身体を軽々と横抱きにした。

「あ……」

反射的にジョスランの首にしがみ付く。

彼が薄く笑う。

「これまでは、こうやって国王としての君しか抱き上げていなかったからね」

アレクサンドラはぽっと頬を染めた。

ジョスランはそのまま、ゆっくりと屋上から階下への石段を下り、最上階のアレクサンドラの部屋へ向かった。

部屋の扉の前で、燭台を手にしたコリンヌがじっと立っている。

「姫君」

二人の姿を見ると、コリンヌは深々と頭を下げる。

「寝室に、軽食と飲み物の用意をさせました。灯りはベッドの周囲だけにしてあります。浴室にはいつでも入れるよう、湯を満たしてございます」

アレクサンドラは幼い頃から忠実に仕えてくれたコリンヌに、ほろりとする。

彼女が、ジョスランと連携して、自分を支えてくれていたのだ。

「ありがとう、コリンヌ。私が私に戻れたのは、あなたのおかげだわ、ほんとうにありがとう。これからも、あなたを頼りにしているわ」

アレクサンドラが心を込めて感謝すると、コリンヌは目頭を押さえた。

「いいえ、いいえ、姫君が幸福になられることだけが、私の望みでございます――ジョスラン国王陛下」

コリンヌはジョスランに向かって、深く一礼した。

「どうぞ、どうぞ姫君をよろしくお願いいたします。姫君を労わり、支えて差し上げてくださいませ。老い先短い老人の、心よりのお願いです」

ジョスランもしみじみした声で返す。

「わかっている。一生かけて、彼女を守り愛する。だから、お前も長生きして、姫君の幸せをどこまでも見届けるのだ」

コリンヌはとうとう嗚咽を漏らし、何度もうなずいた。

「はい、はい。ありがとうございます——もう、失礼します」

コリンヌは部屋の扉を開けると、また一礼し、廊下の先を曲がって姿を消した。

ジョスランはアレクサンドラを抱いたまま、部屋に入る。

コリンヌの言った通り、部屋の中は薄暗く、奥の寝室にだけ煌々《こうこう》と明かりが灯っている。

ジョスランは天蓋付きのベッドの上に、そっとアレクサンドラの身体を横たえた。

それからジョスランはベッドの帳《とばり》を下ろした。

ベッドのヘッドレスト上の燭台の灯りだけで、帳に包まれた空間はオレンジ色の優しい光に満ちた。

ジョスランは上着を脱いでシャツ一枚になり、アレクサンドラに覆いかぶさるようにして見下ろしてきた。

「愛している、アレクサンドラ」

「私も愛しています」

熱っぽい瞳で見上げる。

ジョスランは愛おしげに目を眇め、両手でアレクサンドラのドレスをゆっくりと脱がしていく。アレクサンドラはなすがままになっていた。

やがて、一糸まとわぬ姿で、シーツの上に横たわっていた。

ジョスランが息を殺して、じっと見つめてくる。

「美しい――この世のものとも思えぬほど、美しい」

ジョスランの視線がちくちく肌に刺さるよう。

そして、その視線だけで興奮が煽られ、白い肌に血が上りぽうっと全身が薄ピンク色に染まっていく。

ジョスランの長い指が、アレクサンドラの髪を梳き、額、目尻、頬、首筋、鎖骨、盛り上がった乳房へと、ゆっくり辿っていく。

「すべすべして、まるでシルクのような肌だ」

「ん……ぁ」

その感触だけで、ぞくぞく甘く感じてしまい身を捩《よじ》ってしまう。

「ふふ、感じやすいね――なんて可愛らしいのだろう」

ジョスランの指は、すでに興奮でつんと尖っている乳首の周りをねっとりと撫で、そのまま脇腹から、臍、鼠蹊部に下りていく。

そして、淫部を避けるようにして、太腿、膝、脹脛《ふくらはぎ》へと触れていく。

「あ、あ……ん」

こんなふうに焦らされると、返って下腹部の奥がかあっと熱く疼いてしまう。

ジョスランは爪先まで辿り着くと、アレクサンドラの小さな右足を持ち上げ、足の甲にちゅっとキスをした。そして、そのまま足指を口に含んだ。

「んあ、ん」

びくっ腰が浮いた。

ジョスランはぬるぬると足指の間を舐め回し、次に足指の一本一本を吸い上げたり舐めしゃぶったりする。

「や、あ、だめです、そんなところ、汚い……」

アレクサンドラは焦って足を引こうとするが、ジョスランは逆にもう片方の手で足首を掴んで固定してしまう。舌を這わしながら、彼は濡れた目で見下ろしてきた。

「何も汚くない。今夜こそ、あなたの身体の隅々まで味わわせて欲しい」

そう言うと、敏感な足の裏や土踏まずの窪みまで丁重に舐めてくる。

「ふ、あぁ、やぁん、擽ったい……」

ひくひく肩を震わせて耐えるが、擽ったさの中からじわじわ官能的な悦びが生まれてくるのを感じていた。

ジョスランは右足の踵までねっとりと舐め上げると、今度は反対の足も同じように舐めしゃぶった。

「んんっ、ん、んんんんぅ」

彼の舌がひらめくたび、甘い刺激が恥ずかしい部分を直撃して、つーんと淫らに痺れてくる。信じられないけれど、軽い絶頂感まである。

「あ、あぁ、あ、やめ……て、もうっ」

びくびく身体が小刻みに震える。

「おや？　気持ちよくして上げているのに？　足指だけで達してしまった？」

ジョスランが意地悪く尋ねる。

「や……ぁん」

その通りだったが、あまりに恥ずかしくて、アレクサンドラは頬を染めていやいやと首を振るばかりだ。

足指を舐めつくすと、ジョスランは脹脛からじわじわと太腿へ舌を滑らしていく。

そして、内腿の柔らかい部分を焦らすみたいに舐め回す。

時折、強く吸い上げたり歯を立てたり、かと思うと再びねちっこく舐めてくる。わざとふうっと熱い息を秘部に吹きかけてきたりもする。

彼の自在な口腔愛撫に、アレクサンドラは感じ入って甘い鼻声が止められない。

「は、あ、あぁ、あ……ふぁ……」

てしまう。

まだ触れられてもいない恥ずかしい部分がひくひく戦慄き、はしたないくらい蜜を吹き零してしまう。

「ああ甘酸っぱい、いやらしい香りがしてきた」

ジョスランが熱っぽいため息をつき、自分の高い鼻梁でそろりとアレクサンドラのほころんだ花弁をなぞった。ひやっとした感触に、熱く熟れた媚肉が慄く。

「はあっ、ぁあん」

秘裂が焦れてひくひく開閉を繰り返す。

「甘い甘露が溢れてきた」

ジョスランが低い声でつぶやき、ふいに蜜口にちゅうっと吸い付いた。

「あ、あああっ」

飢えていた刺激に、腰が大きく跳ねた。

ジョスランはじゅるっとはしたない音を立てて、愛液を啜り上げる。

「甘い――なんて美味なのだ」

彼は顔を左右に振ってぬるぬるした唇で、陰唇を擦りたてる。

「は、はあ、ぁ……ん、ふぅ、あぁ」

疼き上がった媚肉がもっと刺激を求めて、腰がいやらしくくねってしまう。

ジョスランは舌先を尖らせ、じりじりと媚肉の合わせ目を辿り、疼いている秘玉にそっと触れた。

「く、あ、や、あああっ」

焦れに焦らされた肉粒は、わずかな舌の動きもつぶさに感じてしまう。

たちまち秘玉はぷっくりと充血し、ぱんぱんに膨れてきた。

ジョスランの舌はそこを滑らかに舐め回し、ひっきりなしに痺れるような快感を与えてくる。

「や、あぁ、だめ、あ、そんなにしちゃ……ああ、あ、すぐ、あ、すぐ、達って……っ」

凄まじい愉悦の連続に、アレクサンドラの両足が力を失って大きく開いてしまう。

「どんどん溢れてくる。素直で可愛い身体だ、アレクサンドラ、私だけの秘密の花園――」

ジョスランが感じ入ったような低い声でささやき、鋭敏な花芽を咥え込んで強く吸い上げた。

「はあぁ、あああぁっ、あ、あぁぁっ」

雷に打たれたような媚悦の衝撃が脳芯まで届き、瞬時に絶頂に飛んだ。

アレクサンドラは背中を弓なりに仰け反らせ、陸に打ち上げられた魚のごとくびくびく全身をのたうたせた。

同時に、じゅわぁっと大量の愛蜜が膣腔の奥から吹き零れる。

「は……はぁ、あぁ、はあ……」

呼吸を乱してぐったりシーツの上に沈み込むが、ジョスランはまだ許してくれない。

じんじんする陰核を舌先で舐《ねぶ》りながら、長い節くれだった指をぐっと媚肉の狭間に押し入れてきた。

「あっ……」

浅瀬だけの刺激で、飢えきっていた濡れ襞は嬉しげにジョスランの指を喰む。

「こんなに私の指を締め付けて――」

ジョスランは掠れた声でつぶやく。

「私が欲しくて仕方ないんだね？」

彼の指がゆっくりと奥へ進んでくる。

「ん……んん、ん……」

時折焦らすみたいに立ち止まったり、内壁を擽ったりしながら、ジョスランの指は子宮口の入り口まで辿り着く。

「あ、あ、奥、に……っ」

深く挿入される感覚に、腰が知らず知らず浮いてしまう。

ジョスランは熟れ襞を探りながら、密やかな声で尋ねる。

「欲しいかい？」

アレクサンドラは、恥ずかしさに耳朶まで血が上るのを感じる。

「いや……意地悪……そんなの……」

いやいやと首を振ると、彼の指がぬるっと引き抜かれそうになる。

「あっ、だめ……っ」

思わず静止しようとして、羞恥に全身が燃え上がりそうに熱くなった。

「いやなのか？　そうじゃないのかな？」

ジョスランが薄く笑って、蜜口の浅瀬をぐちゅぐちゅと掻き回した。

「んんぅ、ん、ひどい……ひどい……」

アレクサンドラは涙目で首を振りたて、しかし、最後のお願いの言葉はまだ口にできない。

「仕方ないね。達きたくてたまらないくせに――」

ふいに、ジョスランの指が鈎《かぎ》状に曲がり、ぐぐっと恥骨のすぐ裏側の感じやすい部分を押し上げてきた。

「ああっ、あ、そこ、だめぇ、あ、だめ、そこは……っ」

アレクサンドラはあえかな声で訴えるが、ジョスランの指は容赦なくそこを突き上げてきた。

「いやぁ、だめ、あ、だめぇ、だめぇぇえっ」

アレクサンドラはぎゅっと目を瞑り、髪を振り乱し腰を浮かせて、必死に行き過ぎた快感に耐えようとした。

だが、制御できない熱い快楽の波が押し寄せ、アレクサンドラの思考も耐性もすべて攫っていく。

「はぁ、あ、も……あ、だめ、あ、も、達く、あ、だめぇっ」

視界が真っ白に霞み、腰ががくがく痙攣する。

「達く……っ……っっ」

上ずった声を上げ、アレクサンドラは絶頂を極める。

もう何も考えられない。息が詰まり、四肢が突っ張った。

もう、これ以上の快感はおかしくなってしまう、と思う。

なのに、なぜか柔襞は収斂を繰り返し、まだ足りない、まだ飢えていると訴える。

そして、それを察しているかのように、ジョスランは指を二本に増やして、再び最奥へ押し込んでくる。

「……やっ、も、だめ、やめ……っ、ジョスラン様、だめっ……」

ジョスランは容赦なく指をずぶずぶと抜き差しながら、ひりつく秘玉を舐め回す。

「あ、あ、またっ……あぁ、またぁ……っ」

アレクサンドラはあっという間に、次の絶頂に飛んだ。

腰が勝手にびくんびくんと大きく跳ね、内壁はジョスランの指をしゃぶるみたいに収縮を繰り返す。

達したことをわかっているのに、ジョスランはさらに奥を指で押し上げる。

全身が強張り、息ができない。

「ああ、あ、あ、だめ、なにか……あ、出ちゃうぅ、あ、だめぇ……っ」

理性が崩壊する予感に、思わず両手でジョスランの手を止めようとしてしまう。

だが、それを狙いすましたかのように、ジョスランが駄目押しのように子宮口を突き上げ、直後、ぬるっと指を勢いよく引き抜いた。

「ひゃ、う、あああっっ」

アレクサンドラは、あられもない悲鳴を上げてしまう。

ぴゅっぴゅっと透明な潮を大量に吹き零してしまった。

「あはぁ……はぁ、は……ぁ、ああ……」

呆然として荒い呼吸を繰り返す。

ジョスランが満足げに上体を起こした。

「潮を吹くほど、悦かったか？」

彼はせわしなく上下するアレクサンドラの薄い腹に、そっとキスをした。そのついでのように、臍の穴に舌を差し入れられ、その刺激にすら感じ入って、びくびくと腰が揺れた。

「……ひどい……やめてって、言ったのに……こんな……恥ずかしい……」

一人だけで猥りがましく何度も達してしまい、羞恥に身の置き所もない。

「あなたが、私の指で自在に気持ちよくなってしまうのが、ほんとうに嬉しいんだ。いつもは凜として気高いあなたがこんな姿を見せるのは、私だけだと思うと、誇らしくて――」

ジョスランの目がすうっと眇められる。

「とても興奮する――もっともっと乱して、だめにしてしまいたい」

そう言うや否や、ジョスランは力の抜けたアレクサンドラの腰を引き寄せ、とろとろに蕩けている蜜口から、指を三本に増やして一気に挿入してきた。

「あっ？　いや……待って、だめ、もう、待って……っ」

「待たない」

ジョスランは膨れきった秘玉の裏側を、曲げた指でぐちゅぐちゅと抉ってきた。

「やあああああっ」

直接官能の芯に触れられるような激しい刺激に、アレクサンドラは甲高い嬌声を上げて、大きく仰け反った。

「だめぇ、や……もう、達きたく、ない……っ」

呆気《あっけ》ないほど再び絶頂を極めてしまい、アレクサンドラはぽろぽろと感極まった涙を零した。

しかし、ジョスランはそのまま深く指を突き入れて、子宮口の手前を撹拌《かくはん》した。

「やめ……あぁ、また……あはぁあ、だめ、だめぇ、あぁぁあっ」

蜜口がびくびく痙攣し、じゅっじゅっと大量の愛潮が繰り返し吹き出す。股間がびしょびしょに濡れ、シーツの上に淫らな染みが拡がっていく。

「……だめ、許して……終わらない……こんなの……っ」

あまりに感じすぎて、もはや快感が苦痛に変わってしまう。

アレクサンドラは細い肩を震わせて、しゃくり上げた。

「アレクサンドラ――」

ようやく指を引き抜いたジョスランは、手放しですすり泣くアレクサンドラを、労わるように抱きしめる。

「素敵だ――可愛い、愛しい。こんなにも乱れた君は、最高に愛おしいよ」

ジョスランはちゅっちゅっと何度も目尻にキスし、溢れた涙を吸い上げた。

「……ぁ、あ、ぁ……ぁ」

あまりに感じすぎて、下肢に感覚が無くなってしまったよう。

「ひどい……ひどい……です」

恨めしげにジョスランを睨もうとするが、力が入らない。

ジョスランはにこりとする。

「でも、私が欲しい？」

「う……」

アレクサンドラは声を失う。

もう解放してほしいと願う反面、指戯だけではまだ足りないと、媚肉が疼くのを感じた。

なんて肉体は浅ましくできているのだろう、と我ながら呆れてしまうほどだ。

けれど、やはり最後はジョスランで満たされて、共に快楽の天国へ上りたい。

ジョスランはアレクサンドラの顔を覗き込み、繰り返す。

「私が欲しいか？」

アレクサンドラは顔から火が出そうだったが、こくりと頷く。

「……欲しい」

あんなにも淫らに繰り返し達してしまったのに、心も身体もまだまだジョスランを求めている。

「欲しいの、ジョスラン様、あなたが欲しい。私をあなたでいっぱいにして……」

両手でぎゅっとジョスランの首に抱きつき、引き寄せる。

「ああ、アレクサンドラ」

ジョスランも強く抱き返してくれ、唇に小鳥の啄ばみのようなキスを繰り返す。

「ん、ふ……ん」

自分からもそのキスに応え、そっと両膝を立てる。

ジョスランがもどかしげに自分のトラウザーズを脱ぎ捨て、さらに深いキスを仕掛けながら覆いかぶさってきた。

「は……ふ、ぁ……あ」

くちゅくちゅと舌を擦り合わせながら、アレクサンドラは腰をくねらせて自らジョスランを受け入れようとする。

股間に当たる彼の欲望はすでに熱く硬く勃ち上がって、その艶かしい感触に子宮が淫らな期待にじーんと疼く。

「あ、あぁ、早く……あぁ、ジョスラン様、もう……」

ねだるように甘い声を出すと、ジョスランは滾る肉棒をほころびきった花弁にぐっと押し当てた。

「あ……んんっ」

ジョスランの指戯ですっかり蕩けた媚肉は、やすやすと剛直を受け入れてしまう。

「あ、あぁ、あ、熱い」

みっしりとした肉塊の圧覚に、ようやくなにもかも満たされた幸福感で、頭がくらくらした。

「あなたの中も、すごく熱い。ああ、これはもう、我慢できぬ――」

ジョスランが性急な声を出し、一気に貫いてきた。

「あああっ」

瞬時に絶頂に飛び、アレクサンドラは大きく腰を浮かせた。ジョスランは弓なりになったアレクサンドラの背中に手を差し入れ、さらに強く惹きつけて挿入を深くした。

「あ、あぁ、あぁ、深い……っ」

最奥までジョスランの太茎を受け入れ、内臓まで押し上げそうな錯覚に、胸が苦しいほどだ。飢えた膣壁をみっちりと、脈動する肉胴が埋め尽くす悦びに、せつないくらい幸福感が迫り上がってくる。

「ふ――締まる。押し出されそうだ」

ジョスランは熱い息を大きく吐き出すと、大きく腰を震わせた。そして、力強く抜き差しを始める。

「はぁ、あ、あ、んん、あぁ、ジョスラン、様……」

大きく揺さぶられると、深い悦楽が子宮の奥から溢れてきて、指先から爪先まで官能の悦びが満ちていく。

ずちゅっずちゅっと淫らな水音を響かせて、淫襞を深く穿たれては引きずり出され、亀頭の括れまで来ると今度は一気に最奥へ押し戻される。

「あふ、あ、すごい……あぁ、すごい、悦い……すごく、悦い……っ」

極太のジョスランの剛直の熱に煽られ、アレクサンドラは内側から灼きつくされてしまいそうな錯覚に陥る。

「私もだ、すごくよい。あなたの中、強く私に絡みつき、離さない」

ジョスランが息を乱し、さらに力強く腰を振り立てる。

「んんぅ、あ、ああ、はぁ、あああぁ、あ」

指戯での直に官能の芯に触れてくるような鋭い快感とはまた違う、熱くじわじわと拡がってすべてを満たしていくような深い悦楽に、アレクサンドラは、愛する人とひとつになるめくるめく幸福感に酔いしれる。

「あ、あぁ、好き、愛しています、ジョスラン様……っ」

感極まるたび、ジョスランへの愛が溢れてしまい、どうしようもないほど気持ちが昂ぶる。

「私もだ、愛している。愛している、アレクサンドラ」

ジョスランの腰の動きが、どんどん速まってくる。

彼の知的な額から、ぽたぽたと大粒の汗が滴り、アレクサンドラの頬を濡らす。

見上げると、感じ入っているジョスランの顔つきは、少しだけ無防備で少年のような幼さすら感じられ、こんなジョスランの姿を知っているのは自分だけだと思うと、誇らしさと愛おしさがさらに増してくる。

ジョスランの腰の抽挿に合わせ、自らも拙《つたな》いながら腰をうごめかし、さらなる快楽を貪ろうとする。

すると、ジョスランがくるおしげな表情で言う。

「すごい、アレクサンドラ――もう、もたぬ。一度、達ってよいか？」

それから彼は、低い声で付け加えた。

「あなたの中で、達きたい」

「あ、ああ、ジョスラン様……っ」

アレクサンドラは感動で胸が詰まった。

これまで、亜麻色の髪の乙女としてジョスランと睦《むつ》みあっていた時は、彼は必ず最後はアレクサンドラの外で果てていた。

それは、相手を思い遣るジョスランの誠実さの表れで、アレクサンドラはひどく心打たれ、いっそうジョスランへの愛が深まったのだ。

でも、今は。

ほんとうのアレクサンドラに戻って、ジョスランと愛し合っている。

欲しい。

彼の何もかもを受け入れたい。

アレクサンドラは、ジョスランの広い背中に腕を回し、強く引き寄せた。

「ああ、ください、私の中に。いっぱい、いっぱい、ください。ジョスラン様で私を満たして欲しい……きて、お願い……っ」

「っ――アレクサンドラっ」

どくん、とアレクサンドラの中でジョスランの欲望が跳ね、ひとまわり大きく膨れ上がったように感じた。

ジョスランは両手をシーツの上に突くと、がつがつとがむしゃらに腰を打ち付けてきた。

アレクサンドラの目の前に、真っ赤な愉悦の火花が飛び散る。

「あ、あぁん、あ、あぁ、ジョスラン、様……っ、あぁ、も、もう……っ」

感極まり、アレクサンドラの蜜壺がきゅうきゅうと、ジョスランの怒張を最奥へ引き込むようにうごめいた。

「く――達く、アレクサンドラ、出る――っ」

ジョスランが大きく息を吐き、ぶるりと胴震いした。

「あ、あぁ、あぁぁああっ」

びくびくと最奥で肉棒が脈打ち、熱い飛沫《しぶき》がアレクサンドラの中へ放たれた。

「あ――出る、まだ、出る、ぞ」

ジョスランが獣のように唸り、何度か大きく腰を穿った。

「はぁ、あ、あぁ……熱い……あぁ、あぁああ」

ジョスランが吐精するたび、アレクサンドラは無意識に腰を跳ね上げ、彼の白濁を一滴残らず受け止めようとする。

熱い欲望と情熱の奔流に、身も心も満たされていく。

目が眩むほどの多幸感に包まれ、アレクサンドラはうっとりと目を閉じた。

二人はぴったり重なったまま、しばらく呼吸を整える。

アレクサンドラの濡れ襞は、まだひくんひくんと快楽の名残のように断続的な収斂を繰り返し、欲望を吐き出して萎《しぼ》んだ肉茎を締め付ける。

「やっと――私の思いの丈を、あなたの中に注ぎ込めた」

ジョスランがしみじみした声を出す。

「ジョスラン様、嬉しい……」

アレクサンドラは胸に溢れる喜びを伝えたくて、ジョスランの首に両手を巻きつけ、その唇にそっとキスをした。

ジョスランもにっこり微笑んでキスを返してくる。

二人は互いの思いを伝え合うように、ちゅっちゅっと繰り返しキスを交わした。

そうしているうちに、アレクサンドラの媚肉に包まれた剛直が、むくりと硬度を増してきた。

「あ……？」

ジョスランが薄く笑い、腰を押しまわしてアレクサンドラの内壁を掻き回した。

みるみる勢いを取り戻し大きくなる男根に、アレクサンドラは思わず声を上げてしまう。

「ん、あ、あ？」

アレクサンドラはびくりと肩を震わせた。

ジョスランが放った白濁と自身の愛液で、さらに滑りのよくなった膣壁をぬちゅぬちゅと擦り上げる。

「ま、まだ……？」

あんなにも激しく交わった直後なのに、たちまち勢いを取り戻したジョスランに、アレクサンドラは目を見張ってしまう。

ジョスランはおもむろに上半身を起こし、ゆるゆると抽挿を始めた。

「いくらでも欲しい――アレクサンドラ、まだ足りぬ。あなたの身体は、汲めども尽きぬ泉のように、いくらでも飲み干せる」

「あ、あぁ、そんなぁ……あ、は、ぁ」

まだ熱の冷めやらぬ媚肉を擦り上げられると、どうしようもない愉悦が湧き上がり、アレクサンドラは身体を波打たせた。

あんなにも激しく達してしまったのに、これ以上の快感には到底耐えられそうにない。

思わず腰が引けて、逃れようと身体を捩った。

「や、も……もう、無理、無理です、おかしくなってしまう」

すると、ジョスランはアレクサンドラの身体を横向きにして片足を抱え、自分の肩に担ぎ上げるような体位にした。そして、そのままずぶりと深く腰を沈めてきた。

「んあっ、あ、深い……あ、だめぇ、あぁ……」

さっきと違う箇所を深く抉られ、新たに生まれる快感に腰がびくびく慄く。

「だめ、そこ、だめ、やめ……て」

息が止まりそうなほど感じ入ってしまい、いやいやと首を振る。

「ここも感じるのか？　こうか？　これが、悦いのか？」

一度吐精して余裕ができたのか、ジョスランは狙いすまして、新たに見つけた性感帯を穿ってくる。

「は、あぁ、あ、はあぁ、あ、や、だめ、壊れ……壊れちゃ……ぁああ」

次々与えられる快感で頭が真っ白になり仰け反って喘ぐと、たわわな乳房がぶるぶる揺れる。

ジョスランは片手を伸ばして、乳房を掴むとくたくたに揉みしだく。

そしてさらにがむしゃらに腰を揺すり立てながら、興奮に声を乱した。

「真っ赤にほころんだ花弁が、私のものをいっぱいに呑み込んで、なんていやらしくて美しいんだろう」

この体位だと、ジョスランからは結合部があからさまに見えてしまうことに、アレクサンドラはやっと思い至る。

「いやぁ、見ないで、あぁ、ん、恥ずかしいっ……」

羞恥で身体中の血が沸き立ち、ピンクに染まっていた肌がさらに艶っぽく赤く染まっていく。

「だめだ、すべてを見せて欲しい。そら、もっと乱れて、もっと――」

ジョスランはぐちゅぐちゅとわざと猥りがましい水音を立てて、アレクサンドラの媚肉を掻き回す。

「あ、あぁ、だめぇ、あ、ふあぁ、んんっ」

恥ずかしいのに、劣情はさらに煽られて、内壁ははしたなくうねってジョスランの太茎を強く締め付けてしまう。

「く——また締めてきて。これが悦いのか？　感じるのか？」

ジョスランは肩に担いだアレクサンドラの足を折り曲げ、さらに大きく開脚させ、より深く穿ってくる。

「ひあ、あ、深い、あ、だめ、あ、当たる、当たるの……奥に、当たって……っ」

子宮口までごりごり削られるような衝撃に、あられもなく感じ入ってはしたない嬌声が止められない。

「ここが悦いのか。アレクサンドラ、悦いと言ってごらん」

ジョスランは亀頭の括れぎりぎりまで引き抜くと、そのまま一気に貫くことを繰り返す。

「はぁ、あ、ふ、あぁ、あ、だめ……ああ……」

傘の開いた先端が、感じやすい壁面を擦り上げ、太い根元が鋭敏な陰核を刺激して、得もいわれぬ快感がアレクサンドラの全身を犯す。

「そら、悦いのか？　アレクサンドラ？」

ジョスランはさらに粘つく音を立てて、抜き差しを繰り返す。

アレクサンドラは息も絶え絶えになり、半開きの唇から掠れた声を漏らす。

「んんぅ、あ、悦い、あぁ、悦い、悦いの、あぁ、すごく、感じるの……」

思考の箍《たが》が外れてしまうと、もうジョスランの与えてくれる煌めくような快楽しか感じられなくなる。

解放されていく。

身も心も官能の炎に灼き尽くされ、ジョスランとひとつになって忘我の極地を彷徨《さまよ》う。

知らず知らず、何度も熱い潮を吹いてしまうが、もはや気にする余裕もない。いや、逆にこんなにも感じてしまう自分が、誇らしくさえ思えてくる。

ジョスランに愛されているからこそ、底なしに気持ちよくなってしまうのだ。

そう思うと、愛しさがさらに増して。

「ああ、ジョスラン様、ああ、ジョスラン……っ」

顔を振って、ジョスランを求めるように見つめると、彼もまた濡れた黒曜石色の瞳で熱く見返してくれる。

「アレクサンドラ――アレクサンドラ」

ジョスランももはや切羽詰まっているのか、ただ名前を呼び続け、息を弾ませて腰だけは力強く打ち当ててくる。

「はあ、好き、愛してる……あぁ、キスして、キスを……っ」

濡れた唇を求めるように突き出すと、ジョスランが半身を折り曲げるようにして、貪るようなキスをくれる。

強く舌を吸い上げられ、声も息も呑み込まれる。互いの唾液が溢れ、口の周りが淫らに濡れ光る。

「ん、んぅ、ふ、んんんっ、んんんぅ」

「ふ――アレクサンドラ、ああ、悦い、止まらぬ」

蠕動する肉路を、ジョスランの脈動する太竿が押し回すように深く抉り、頭の中が媚悦で真っ白に染まる。

もっと愛して。もっと。

喰らい付くようなキスの合間から、アレクサンドラは淫らな懇願をしてしまう。

「あぁ、もっと、あぁもっと……ください、もっと、して、ジョスラン様……っ」

そうして、自らもいやらしく腰を振りたててしまう。

「いいとも、いくらでも、好きなだけ、上げよう」

ジョスランは乱れた息で掠れた声を出すと、やにわにアレクサンドラの細腰を抱きかかえ、深く繋がったまま仰向けに押し倒した。

アレクサンドラの両足首を掴み、大きく開脚させ、いっそう律動を激しくさせていく。

「あ、あぁ、あ、すごい……あぁ、すごくて……っ」

アレクサンドラは乱れたシーツの上で身をのたうたせ、強くイキんではジョスランの怒張をきりきりと締め付けた。

ジョスランが大きく息を吐いた。

「く——あなたの中、悦すぎる。たまらない、素晴らしいよ、アレクサンドラ」

彼の律動がさらに速くなり、動きに余裕がなくなっていく。

「あ、あぁ、あ、も……あぁ、だめ、も……ぅっ」

激烈な愉悦に、腰ががくがくと痙攣する。

絶頂の最後の大波が、下肢の奥からぐんぐん迫り上がってくる。

熱くて、痺れて、蕩けて、もうなにも考えられない。

身体がどこかに浮遊してしまうような錯覚に陥る。

「お願い……っ、ジョスラン様、一緒に……あぁ、きて、お願い……っ」

「——っ——一緒だ——アレクサンドラ、一緒に達こう」

ジョスランは額に珠のような汗を浮かべ、体重をかけるようにしてアレクサンドラの身体を二つ折りにした。そして、ほぼ真上からがつがつと腰を打ち付けてきた。

「ああ、あああ、あ、だ、め、あ、もう、達く、あ、達く、達くっ」

ひくっと息が詰まり、全身が小刻みに痙攣して強張る。

ジョスランが最奥を思い切り抉った瞬間、絶頂に達したアレクサンドラの蜜壺はきつく収斂した。

「く、っ――」

ジョスランが低く唸りぶるっと胴震いして、アレクサンドラの子宮口へ熱い飛沫をどくどくと放出する。

「んん、ん、ふ……」

最後のひと雫《しずく》まで出し尽くすように、ジョスランは何度も腰を打ち付ける。

それに合わせて、アレクサンドラの媚壁は白濁のすべてを受け入れようと、ひくひくと忙しない蠕動を繰り返した。

「は――」

ジョスランが深いため息を吐き、アレクサンドラの上にゆっくりと倒れ込んできた。

その熱く汗ばんだ重みが、この上なく愛おしい。

愉悦の余韻に浸りながらも、両手でぎゅっとジョスランの背中を抱き締める。

しばらく、二人でぴったりと重なったままで、徐々に絶頂の波が引いていくの感じている。

なんという多幸感だろう。

互いに与え尽くし奪い尽くして、ひとつになったままこうして抱き合える幸せ。

アレクサンドラはこの瞬間、死んでもいいとすら思う。

ジョスランの胸に顔を埋め、力強い鼓動に胸をときめかせ、心からささやく。

「愛しています、ジョスラン様」

ジョスランは乱れたアレクサンドラの髪を優しく撫で梳き、艶めいた声で返してくれる。

「私も、愛しているよ、アレクサンドラ。どうしようもなく、愛してる」

そうして、優しいキスを額や頬に繰り返す。

アレクサンドラもキスを返し、互いに労わるようなキスを繰り返していると、それは次第に深いものに変わっていく。

そして――。

今までの想いをすべて出し尽くすかのように、二人はまた互いの身体を求め合い、夜が白々と明けるまで、何度も何度も愛し合った――。


翌日。

王家と貴族議会は、共同で重大発表を公布した。

曰く。

すでに二年前に、王太子アレクは逝去していたこと。

アレクの代理で、王女アレクサンドラが国政を執っていたこと。

貴族議会の決議で、男子のみ王位継承だった王室規範は大きく改正され、男女区別なく継承権が発令されること。

そのため、王女アレクサンドラは、以降女王としてこの国を治めること。

国中が、王女アレクサンドラが国王に身をやつして国政を執っていた事実に驚愕した。

しかし、彼女の治世で国勢はさらに強まり国は平和に保たれていたことで、国民たちの不満や動揺は存外に少なかったのである。


公布と同時に、亡き王太子アレクの国葬がしめやかに執り行われた。

それまで、アレクの死の事実を隠匿するため、密葬という形で埋葬されていたのだ。

王都の大聖堂で葬儀に参列したアレクサンドラは胸に去来する様々な思いにとらわれていた。

(兄上……これでやっと、兄上も浮かばれる。兄上、私はあなたの遺志を継いで、力の限りこの国を良くしていくことを誓います)

王室墓地でのアレクの正式な埋葬が終わり、城へ戻る馬車に乗り込もうとしていたアレクサンドラに、参列していたジョスランが声をかけてきた。

「アレクサンドラ、少しだけ、よいか？」

アレクサンドラは、警護兵とお付きの侍従たちに待機するように言うと、ジョスランと並んで墓地の入り口のベンチに腰を下ろした。

ジョスランは労わるように、そっとアレクサンドラの手を握る。

「公布から、兄上の葬儀まで、立て続けでさぞや疲れたろう」

アレクサンドラは首を振った。

「いいえ。今までずっと民と自分を偽り、兄の葬儀もきちんとできないままでした。やっと、本来の私に立ち返ったのです。とても心安らかです。それより、兄の葬儀にまで参列していただいて、ほんとうに感謝します。ジョスラン様こそ、お国を何日も空けては大変でしたでしょうに……」

ジョスランが優しく微笑む。

「あなたの、自分よりも人を気遣うその優しい心根が、とても愛おしいよ、アレクサンドラ」

それから彼は、表情を正した。

「君はこれから女王として即位する。ますます重責が君のこの細い肩にかかってくる。それを私は、ただ手を拱《こまね》いて見ているだけでは、あまりに苦しい」

アレクサンドラはじっとジョスランの顔を見つめ、彼の言葉に聞き入る。

ジョスランは真摯な瞳でこちらを凝視し、そっと言った。

「結婚しよう。アレクサンドラ」

「っ……」

胸が喜びとせつなさでいっぱいになる。

「ジョスラン様、私……でも、私は……」

ジョスランがぎゅっと両手を握ってきた。

「わかっている。君はこの国の女王になる。他国の王と結婚して、嫁いでいくわけにはいかない。そんなことは重々承知だ。でも、君以外に生涯の伴侶はあり得ない。だから——」

ジョスランは真摯な表情で続けた。

「事実婚でも通い婚でもよいと思っている。互いの国の了解が得られれば、子どもも欲しい。生まれた子どもたちは、両国の子だ。彼らが、いずれそれぞれの国を継げばよい」

アレクサンドラは、ジョスランの言葉のひと言ひと言を噛み締めた。

「でも……その間、ずっと一緒にはいられないわ……」

「私は待とう。いつか、君と二人だけで暮らせる日がきっとくる。その日まで、いつまでも待つ。だから、どうか結婚の約束をしておくれ」

「あ……あぁ……」

アレクサンドラは涙が込み上げてくる。

今までも、ジョスランは広い心でアレクサンドラを見守り、彼女が助けが必要な時には必ず駆け付けてくれた。彼は、これからもそういう愛し方で、アレクサンドラを守ろうと言ってくれているのだ。

アレクサンドラは涙を呑み込み、まっすぐジョスランを見つめた。

「私だって、生涯を共にする男性は、あなた以外考えられない。ジョスラン様、どうかあなたの妻にしてください」

「アレクサンドラ――」

ジョスランは目を輝かせ、感動に打ち震えたような声を漏らす。

一瞬両手でアレクサンドラを抱きかかえようとした彼は、時と場所に気がついたのか、動きを止めた。そして、膝の上のアレクサンドラの手をさらに強く握りしめてきた。

「嬉しいよ――愛している」

アレクサンドラも強く手を握り返した。

「愛しています、今までも、これからもずっと……」

二人は強い想いを込めて見つめ合った。

初夏の訪れを思わせる爽やかな風が、墓地の緑の梢を優しく揺らした。

終章

翌年、ゴーデリア王国とトラント王国間で、共通通貨の実施が開始されることとなった。

その初日、アレクサンドラとジョスランは、それぞれの国で二人が結婚することを発表したのだ。

ただ、どちらかが相手の国に帰属することはせず、二人が在位している間は事実婚となる。

両国の民たちは二人の選択に驚きつつも、両国の絆《きずな》が深まり互いの国が発展することに関しては概《おおむ》ね好意的だった。

なぜなら、両国の民たちは、アレクサンドラもジョスランのことも心から敬愛し尊敬していたからだ。民たちは、自分たちの幸せより国を重んじた二人の選択に心打たれた。

ジョスランとアレクサンドラは、内外の心証を考え、結婚式も執り行わないことを決めた。

ジョスランは月に一度ほどの頻度でゴーデリア国を訪れ、アレクサンドラと夫婦として過ごした。また、逆にアレクサンドラがトラント王国に赴き、王城に数日滞在することもあった。

やがて二人は、二男二女の子どもに恵まれた。

彼らは両親によく似て、美しく賢く心優しい人間に育った。

そして、アレクサンドラとジョスランが在位中、両国の絆は深まり、経済も生産も飛躍的に伸びた。

ゴーデリア王国とトラント王国間の共通通貨がうまく流通し、経済的発展が顕著になったことを鑑み、大陸の他の大国も次々共通通貨導入に賛同していった。

その後、大陸の国々は、互いに支え合い共存し、大いに栄えたのである。

ジョスランが望んだ大陸統一の夢は、かなったのだ。


月日は流れ――。

その日、アレクサンドラを乗せた馬車は大陸中央のナノ砂漠へ向けて急いでいた。

「ああ、まだですか？　まだ、砂漠は見えない？」

アレクサンドラは待ちきれない様子で、何度も馬車の窓から顔を覗かせようとした。

「陛下、落ち着いてください。そのように顔を出しては、埃《ほこり》まみれになってしまいますよ」

向かいの席に座っているコリンヌが、苦笑いしながら嗜《たしな》める。

彼女はすっかり年老いて、背中も曲がり、杖《つえ》に縋らないと歩けなくなっていたが、まだまだ頭はしゃんとしていて、今でもアレクサンドラの侍女を勤めているのだ。

「コリンヌ、私はもう陛下じゃないわ。私は譲位して、女王の座は娘のフレデリカが継いだのですもの」

アレクサンドラは乱れた髪を撫《な》で付《つ》け、かすかに頰を染めた。

「もう、ただの女だわ」

コリンヌは皺だらけの顔をくしゃくしゃにし、泣きそうな表情になる。

「ああ、姫君――よくぞ、この二十五年間、ご立派に国を支えて参られて――」

彼女は耐えきれなくなったのか、おいおい泣きだす。

「嫌だわコリンヌ、泣かないで。これからが、私の新しい人生の始まりなのだから……」

アレクサンドラはコリンヌの痩せこけた手に優しく触れた。

ほどなく、真っ白い砂漠地帯に到着する。

お付きの者の手を借りて馬車を下りたアレクサンドラは、矢も盾もたまらず、急ぎ足で歩きだす。

「王太后殿下、警護を――」

警護兵が前に出ようとすると、よたよた馬車を下りてきたコリンヌがぴしりと言う。

「邪魔立てするでない！」

高齢と思えない声色に、警護兵がぴたりと動きを止めた。

コリンヌは破顔する。

「お二人だけに、させてあげましょうぞ――やっと、その日が来たのですから」

アレクサンドラは背後のそんなやりとりにも気がつかず、スカートの裾をからげ、夢中で急いだ。

かつて、五大国会議が行われた砂漠地帯には、ジョスランの手で小さな宮殿が建てられてあった。美しい白亜の城だ。

アレクサンドラは城の前を通り、オアシスに向かう。

青々したヤシの木が植わったオアシスの側のベンチに、ジョスランが座っているのが見えた。

「ジョスラン！」

アレクサンドラは声を張り上げる。

ジョスランはぱっと立ち上がり、すぐさまこちらに向かって走ってくる。

青いチュニック風の衣装に身を包んだ彼は、鬢《びん》に白いものが混じってはいるが、美貌は変わらず苦味走った男らしさが増し、見惚れるほど魅力的だ。

「アレクサンドラ！　待ちかねたぞ！」

彼はたちまちアレクサンドラの前まで駆け寄ると、そのまま彼女を横抱きにする。

「ああ、ジョスラン！　ジョスラン！」

アレクサンドラはジョスランの首に抱きつき、頬を摺り寄せた。

「やっと、やっとこの日が来ました」

ジョスランはアレクサンドラの額や頬に何度もキスをし、深くうなずく。

「そうだ、やっと、やっとだ、アレクサンドラ」

二人はきつく互いの身体を抱きしめる。

先月、アレクサンドラは長女のフレデリカに女王の座を譲位し、ジョスランは長男のパオロに王位を譲り退位した。

フレデリカもパオロも知性と人間性に優れ、王たるにふさわしい人物に育っていた。

退位した二人は、この砂漠の別荘に移り住み、余生を過ごすことになった。

アレクサンドラは感極まって、涙が溢れてくる。

「どんなに、どんなにこの日を待ち焦がれておりましたことか……」

ジョスランはその涙を唇で受けながら、愛おしそうにつぶやく。

「私もだ——やっとあなたを独り占めできる」

二人は感動の面持ちで見つめ合い、そっと唇を合わせる。

「ふ……ん、んん」

アレクサンドラは白い喉をのけぞらせて、甘やかな悦びに打ち震える。

胸が少女の頃のように高鳴り、きゅんと締め付けられた。

互いの熱が合わせた唇から流れ込むようで、次第にキスが深いものになる。

舌の付け根を甘く噛まれ、息をも奪うように強く吸い上げられる。

「は……ぁ、や……ぁあ」

頭の芯が痺れ、四肢から力が抜けてしまう。

ふいにジョスランが唇を離し、上気したアレクサンドラの顔を覗き込んだ。

「いかん——ついつい、本気になったしまったな。まだ、これからだというのに」

ジョスランはアレクサンドラを抱いたまま、さくさく砂を踏んで城の方へ歩き出した。

「ほんとうは、あなたを今すぐにでも抱きたいのだが、まずやらねばならぬことがある」

「え？　なにをするのです？」

アレクサンドラの問いに、ジョスランは笑みで答えたのみだった。

城に辿り着くと、ジョスランはそのまま正面玄関から、左の廊下を進む。

アレクサンドラは、この城に入ったのは初めてで、大理石をふんだんに使った美しい城の内装に目を奪われた。

廊下の突き当たりの扉の前で、ジョスランはそっとアレクサンドラを下ろした。

「少し待って」

彼はそう言うと、扉の側の小卓の上に載せてあった真っ白い薔薇の花束をアレクサンドラに手渡した。そして花束の下にあった、透けるレース素材のヴェールをそっとアレクサンドラの頭に被せる。

「これは……?」

戸惑うアレクサンドラの手を取り、ジョスランは扉を開いた。

扉の中は、小さな聖堂になっていた。

狭いが、美しいステンドグラスに飾られ、きちんと祭壇も設えてある。

そして、祭壇の前に高齢の司祭が一人、待ち受けていた。

ジョスランが神父に向かって軽く頭を下げた。

「司祭殿、このような場所においでくださり、感謝します」

司祭は穏やかにうなずく。

「なに、他ならぬジョスラン様の式ではありませぬか」

アレクサンドラは目を見張る。

「ジョ、ジョスラン……!?　まさか?」

ジョスランが微笑む。

「そうだ、今から私たちの結婚式を執り行う」

息が止まりそうな驚きと、熱い喜びがアレクサンドラの全身を満たす。

だが、すぐに戸惑って首を振った。

「そんなの……もう私はすっかり年取って……花嫁などおこがましくて……」

「何を言う！」

ジョスランがキッと表情を正す。

「あなたは、初めて会った頃から少しも変わっていない。いや、あの頃よりずっと女性としての深みと魅力が増して、内側から光り輝くようだ」

「ジョスラン……」

アレクサンドラは胸がいっぱいになって、声が震えた。

ジョスランが懇うような眼差しになる。

「ずっと、あなたと神の前できちんと結婚することを願ってきた。あなたは女王として、母として、今まで立派に生きてきた。だが、もう、今日から――」

ジョスランはきっぱり言う。

「私だけのものだ。私だけの妻だ、私だけの花嫁だ」

曇りのない喜びと愛情が、アレクサンドラの内から溢れ出す。

彼女はこくんとうなずき、そっとジョスランの腕に自分の手を預けた。

「あなただけのものに、してください」

ジョスランの目に光るものが浮かぶ。

彼は前を向き直り、一歩一歩祭壇に向かった。

アレクサンドラはぴったりジョスランに寄り添い、進んでいく。

高いステンドグラスの窓から午後の日差しが差し込み、キラキラ二人を包み込む。

祭壇の前まで来ると、二人は静かに跪いた。

司祭が二人に結婚の誓いを述べる。

「ジョスラン・トラント。あなたはその、健やかなる時も、病める時も、富める時も、貧しい時も、この女を愛し、慈しみ、慰め、助け、命ある限り真心を尽くすことを誓うか？」

ジョスランが深みのある低い声で答える。

「はい」

司祭が次に同じことをアレクサンドラに問うた。

アレクサンドラは感極まって涙で声が消え入りそうになる。深呼吸して、はっきりと言った。

「はい、誓います」

司祭はうなずき、二人を立つように促した。

立ち上がった二人に、司祭が祭壇から天鵞絨張りの小さな箱を取り上げ、蓋を開いて二人に差し出す。

中には金色の大小の指輪が並んでいる。

「指輪の交換を」

ジョスランが小さい方の指輪を受け取り、アレクサンドラの左手を優しく取って、薬指に嵌《は》めてくれる。

飾り気のない指輪は、だが、それまでアレクサンドラが嵌めたどの指輪より輝き美しいと思った。

次にアレクサンドラは大きい指輪を手にし、ジョスランの節くれだった男らしい指に嵌《は》め込《こ》んだ。

「それでは、誓いの口づけを」

ジョスランの両手が、ヴェールをゆっくり持ち上げる。

視界が開け、こちらを愛おしげに見つめているジョスランと視線が絡んだ。

ジョスランがつぶやく。

「愛している」

彼の顔が寄せられ、アレクサンドラは目を閉じてキスを受けた。

そっと柔らかい唇が重なると、初めてジョスランとキスした時のときめきが蘇り、心臓の鼓動が早まってしまう。

式を挙げた二人は、そのまま城内の夫婦の部屋に向かった。

中央階段を上がり、奥にある部屋は、モノトーンで統一され簡素だが極上の調度品ばかりが使われた素晴らしいものだった。

部屋の中を見回しながら、まだアレクサンドラは夢見心地だった。

「ああ……まだ信じられないです。こんな幸せな気持ちになるなんて……」

すると、背後からぎゅっとジョスランに抱き締められる。

「こんなものではない」

彼の高い鼻梁がうなじを擽り、アレクサンドラはびくんと首を竦めた。

「もっともっと幸せになろう。これからはずっと一緒だ、ずっとだ」

耳孔に熱いため息とともに艶めいた美声が吹き込まれ、背中がぞくぞく震える。

「嬉しい……」

アレクサンドラは両手でぎゅっとジョスランの腕を抱え込む。

こうしていると、長い間の苦労も悲しみも、すべて洗い流されていくようだ。

父王、兄王太子を続けざまに喪《うしな》い、たった一人残された直系の王族として、男として生きることを迫られた。まだ幼さの残る年頃に、国王として振舞わねばならない悲しみ、辛さ。ジョスランへの恋情を押し殺し、彼の友人として生きるしかなかった悲哀。報われない恋と知りつつ、一生ジョスランだけを想って生きようとしたせつない決意。そして、衆人の前で女性と暴露された時の絶望感。ジョスランと心通わせた後も、女王として国にとどまり、統治し、なおかつ子どもを産み育てためまぐるしく怒涛のような年月。

様々な思い出が、頭の中を走馬灯のように流れていく。

でももう、今こうして愛する人と結婚式を挙げ、二人きりで寄り添っていると、なにもかもが夢の中の出来事のようだ。

「愛しています、ジョスラン」

と心を込めて告げる。

でも、そんな言葉だけでは足りない。

もっと――ジョスランに愛され、守られ、甘やかされ、支えられ、励まされ、時に叱咤《しった》され、生き抜いてきたこの長い年月への感謝を、どう言えばいいのか。

「私、私は……」

アレクサンドラは気持ちを込めて続ける。

「生まれてきてよかった。あなたに出会えてよかった」

目に涙が溢れてくる。

ジョスランの瞳も潤む。

彼は目尻にキスをして、涙を吸い上げ、この上なく魅力的に微笑む。

「私も、あなたに出会い、あなたを愛した人生に感謝している」

二人は思いの丈を込めて見つめ合う。

それから、子どもが戯れるような、相手の顔ところかまわずキスを交わし合い、額をくっつけてはくすくす笑う。

もう、二度と離れない。

ずっと一緒だ。

やっと本当の夫婦になれたのだ。

アレクサンドラはジョスランの胸に顔を埋め、男らしい香りを胸いっぱいに吸い込み、うっとりと目を伏せた。

あとがき

皆様こんにちは！　すずね凜です。

今回のお話は、思いがけなくも王として生きることを強いられた王女様のお話です。

私は昔から「男装の麗人」ものが大好きでして、手塚治虫先生の「リボンの騎士」がその原点と言えます。男女の心両方を持って生まれたサファイヤが、王子と王女の立場で悩みながら成長していくという、ジェンダー問題の先駆のような漫画です。そこからやがて、「ベルサイユのばら」のオスカルのような、リアルな男装麗人がが生まれてくるのですね。

果たしてヒロインに真の幸福が訪れるか？　本文でお楽しみください。

さて、今回も編集さんには大変お世話になりました。ありがとう。

そして、いつも華麗なイラスト描いてくださるウエハラ先生に、感謝いたします。男装王女とヒーローの絡みは、背徳的でドキドキものでした。

そして、この本を読んでくださったあなたに、最大級のお礼を申し上げます。

また、別のお話でお会いできますように！

すずね凜

Mitsuneko Label

蜜猫文庫をお買い上げいただきありがとうございます。
この作品を読んでのご意見・ご感想をお聞かせください。
あて先は下記の通りです。

〒102-0072　東京都千代田区飯田橋 2-7-3
（株）竹書房　蜜猫文庫編集部
すずね凜先生 / ウエハラ蜂先生

男装姫と絶倫王の激しすぎる蜜夜

2019年8月29日　初版第1刷発行
著　者　すずね凜
発行者　後藤明信
発行所　株式会社竹書房
〒102-0072 東京都千代田区飯田橋 2-7-3
電話　03（3264）1576（代表）
03（3234）6245（編集部）
デザイン　antenna
印刷所　中央精版印刷株式会社

Printed in JAPAN
ISBN978-4-8019-1982-2　C0193